诗话武汉

武汉市文化和旅游局 编

Shihua Wuhan

武汉出版社
WUHAN
PUBLISHING HOUSE

(鄂)新登字 08 号

图书在版编目(CIP)数据

诗话武汉 / 武汉市文化和旅游局编. — 武汉:武汉出版社,2019. 10
ISBN 978 - 7 - 5582 - 3273 - 2

Ⅰ. ①诗… Ⅱ. ①武… Ⅲ. ①诗集 - 中国 Ⅳ. ①I22

中国版本图书馆 CIP 数据核字(2019)第 233366 号

编　　　者:武汉市文化和旅游局
责 任 编 辑:杨建文　朱梦珍
封 面 设 计:刘福珊　董 一
封 面 绘 画:刘福珊
出　　　版:武汉出版社
社　　　址:武汉市江岸区兴业路 136 号　　邮　编:430014
电　　　话:(027)85606403　85600625
http://www.whcbs.com　　E-mail:zbs@whcbs.com
印　　　刷:武汉中科兴业印务有限公司　　经 销:新华书店
开　　　本:787 mm×1092 mm　1/16
印　　　张:11.25　字　数:208 千字
版　　　次:2019 年 10 月第 1 版　 2019 年 10 月第 1 次印刷
定　　　价:58.00 元

黄鹤楼

晴川阁

古琴台

江汉关

盘龙城

武昌起义门

东湖

汉口江滩

编写说明

　　万里长江东去，悠悠汉水西来，两江交汇、江汉朝宗，孕育出诗意江城——武汉。

　　武汉拥有3500多年的城市建城史。千百年来，历代官宦显要、文人骚客、寒士庶民，在这片土地上竞相吟咏、挥毫泼墨。他们或俯仰天地，思国忧民；或观潮听涛，怡情清心；或对酒当歌，彼吟此和，留下了灿若星辰的煌煌诗篇。屈原的"与天地兮同寿，与日月兮齐光"，李白的"孤帆远影碧空尽，唯见长江天际流"，崔颢的"黄鹤一去不复返，白云千载空悠悠。晴川历历汉阳树，芳草萋萋鹦鹉洲"……每一句都是脍炙人口的千古绝唱，每一首都是风情万千的传世名篇，闪耀文学光芒、绽放城市华章。单是古人咏唱黄鹤楼的诗词，目前可以收集到的就有1700多首。更有一代伟人毛泽东对武汉情有独钟，40多次莅临武汉，写下了"茫茫九派流中国，沉沉一线穿南北""万里长江横渡，极目楚天舒""一桥飞架南北，天堑变通途"等不朽诗句，书写了大武汉气吞山河的雄浑气势。

　　今年是中华人民共和国成立70周年、武汉解放70周年。70年来，武汉的城市面貌发生了翻天覆地的变化。特别是进入新时代以来，武汉坚持以习近平新时代中国特色社会主义思想为指导，奋力推进现代化、国际化、生态化大武汉建设，城市综合实力不断跃上新台阶，正加快成为国家中心城市和世界亮点城市。武汉，每天不一样！

为庆祝中华人民共和国成立70周年，第七届世界军人运动会在武汉成功举办，讴歌改革开放以来特别是党的十八大以来武汉经济社会发展取得的历史性成就，在中共武汉市委宣传部的指导下，在湖北省中华诗词学会、湖北省荆门聂绀弩诗词研究基金会的支持下，武汉市文化和旅游局组织举办了"讴歌新时代 礼赞大武汉"诗歌征集活动，共征集到海内外856位作者的2603首诗词作品，经专家严格公正评审，共评选出获奖作品48首。同时，此次活动还通过特邀征集，获得全国30位诗人以讴歌新时代武汉发展为主题创作的诗作47首。这些都是武汉发展历史的珍贵记录和诗意表达。

妙笔生花通古今，盛世欢歌抒豪情。为更好地传承城市文脉、增强文化自信、提升城市文化内涵和市民文化素养，武汉市文化和旅游局精选历代反映武汉的优秀诗作、本次征集活动的特邀作品及获奖作品集结成册，编辑出版了《诗话武汉》一书。该书既是向中华人民共和国70华诞献上的一份文化贺礼，也是向海内外展示武汉形象和武汉成就的一扇文化窗口。相信该书的出版，必将进一步提升武汉的城市美誉度和文化旅游影响力，进一步增强广大市民的城市归属感自豪感，为加快建设"三化"大武汉和国家中心城市注入蓬勃的文化正能量。

且行且读，诗话武汉。

武汉市文化和旅游局
2019年10月

目　录

历代诗人咏武汉

古代篇

涉江（节选）/ [战国]屈原 …………………………………… 003

哀郢（节选）/ [战国]屈原 …………………………………… 004

辛丑岁七月赴假还江陵夜行涂口 / [晋]陶渊明 ………………… 005

登鲁山诗 / [南北朝]刘骏 …………………………………… 006

登黄鹤矶 / [南北朝]鲍照 …………………………………… 006

汉江宴别 / [唐]宋之问 ……………………………………… 007

初春汉中漾舟 / [唐]孟浩然 ………………………………… 008

鹦鹉洲送王九之江左 / [唐]孟浩然 ………………………… 008

送康太守 / [唐]王维 ………………………………………… 009

江上吟 / [唐]李白 …………………………………………… 010

与史郎中钦听黄鹤楼上吹笛 / [唐]李白 …………………… 010

望黄鹤山 / [唐]李白 …………………………………… 011

黄鹤楼送孟浩然之广陵 / [唐]李白 ………………… 011

送储邕之武昌 / [唐]李白 …………………………… 012

鹦鹉洲 / [唐]李白 …………………………………… 013

望鹦鹉洲怀祢衡 / [唐]李白 ………………………… 013

经乱离后天恩流夜郎，忆旧游，书怀赠江夏韦太守良宰

／ [唐]李白 …… 014

江夏赠韦南陵冰 / [唐]李白 ………………………… 017

黄鹤楼 / [唐]崔颢 …………………………………… 018

自夏口至鹦鹉洲夕望岳阳寄源中丞 / [唐]刘长卿 …… 019

武昌老人说笛歌 / [唐]刘禹锡 ……………………… 019

出鄂州界怀表臣二首 / [唐]刘禹锡 ………………… 020

卢侍御与崔评事为予于黄鹤楼置宴，宴罢同望 / [唐]白居易 ┄ 020

戏题木兰花 / [唐]白居易 …………………………… 021

黄鹤楼 / [唐]贾岛 …………………………………… 021

题木兰庙 / [唐]杜牧 ………………………………… 022

送王侍御赴夏口座主幕 / [唐]杜牧 ………………… 022

伯牙 / [宋]王安石 …………………………………… 023

大别方丈铭 / [宋]苏轼 ……………………………… 023

满江红·寄鄂州朱使君寿昌 / [宋]苏轼 …………… 024

鄂州南楼书事 / [宋]黄庭坚 ………………………… 025

满江红·登黄鹤楼有感 / [宋]岳飞 ………………… 025

黄鹤楼 / [宋]陆游 …………………………………… 026

鄂州南楼 / [宋]范成大 ……………………………… 026

游武昌东湖 / [宋]袁说友 …………………………… 027

水调歌头·折尽武昌柳 / [宋]辛弃疾 ……………… 028

夏五月武昌舟中触目 / [元]揭傒斯 …………………………… 028

正宫·鹦鹉曲 / [元]白贲 ……………………………………… 029

征陈至潇湘 / [明]朱元璋 …………………………………… 029

送卫进士推武昌 / [明]何景明 ……………………………… 030

黄鹤楼怀古 / [明]李时珍 …………………………………… 030

舟泊汉江望黄鹤楼 / [明]张居正 …………………………… 031

柏亭 / [明]张居正 …………………………………………… 031

晴川阁 / [明]李维桢 ………………………………………… 032

汉口 / [明]赵弼 ……………………………………………… 033

汉口 / [清]吴琪 ……………………………………………… 033

月湖 / [清]熊赐履 …………………………………………… 034

黄鹤楼看雪 / [清]袁枚 ……………………………………… 034

晴川补树 / [清]毛会建 ……………………………………… 035

游晴川阁 / [清]毛会建 ……………………………………… 036

夜泊汉口 / [清]赵翼 ………………………………………… 036

题朱久香学使《花间补读图》（二首） / [清]林则徐 ………… 037

奥略楼楹联 / [清]张之洞 …………………………………… 038

为俄皇子游晴楼题 / [清]张之洞 …………………………… 038

登黄鹤楼 / [清]康有为 ……………………………………… 039

登洪山宝通寺塔 / [清]谭嗣同 ……………………………… 039

览武汉形势 / [清]谭嗣同 …………………………………… 040

近现代篇

菩萨蛮·黄鹤楼 / 毛泽东 …………………………………… 041

五古·挽易昌陶（节选） / 毛泽东 …………………………… 041

水调歌头·游泳 / 毛泽东 ································· 042

谒九女墩 / 宋庆龄 ································· 042

武昌东湖九女墩 / 董必武 ································· 043

闻长江大桥成喜赋 / 董必武 ································· 044

题行吟阁 / 叶剑英 ································· 045

自度·长江大桥 / 叶剑英 ································· 045

古风·龟蛇吟 / 林育南 ································· 046

浪淘沙·黄鹤楼 / 于右任 ································· 046

刘雪耘见顾，属题《黄鹤楼图》，报以一截 / 柳亚子 ····· 047

颂武汉 / 郭沫若 ································· 048

武汉，我重见到你 / 臧克家 ································· 048

歌长江大桥 / 田汉 ································· 052

新修黄鹤楼纪念 / 屈武 ································· 057

祝黄鹤楼重建 / 张平化 ································· 057

咏"黄鹤归来"铜雕 / 公木 ································· 058

登古琴台 / 公木 ································· 058

游汉阳归元寺（节选）/ 公木 ································· 058

黄鹤归来 / 李尔重 ································· 059

黄鹤楼杂咏 / 荒芜 ································· 060

伯牙 / 周作人 ································· 061

我好像听见了波涛的呼啸

　　——献给武汉市和洪水搏斗的战士们 / 何其芳 ········· 062

"讴歌新时代 礼赞大武汉"诗歌征集活动
特邀诗人作品

古体诗篇

重游黄鹤楼 / 高昌 ················· 067

武汉 / 钟振振 ················· 067

黄鹤楼杂题 / 潘泓 ················· 068

满江红·大武汉 / 黄金辉 ················· 068

水调歌头·汉阳 / 黄金辉 ················· 069

行香子·登黄鹤楼 / 巴晓芳 ················· 069

菩萨蛮·武湖泛舟 / 巴晓芳 ················· 069

问津遗事 / 罗炽 ················· 070

问津怀古 / 罗炽 ················· 070

武汉筹办军运会有感 / 李辉耀 ················· 071

黄鹤楼头读诗碑 / 李辉耀 ················· 072

鹧鸪天·题武昌首义公园 / 李辉耀 ················· 072

西江月·暮春游江夏小朱湾 / 罗庆云 ················· 072

临江仙·应高中同学靖欢喜黄宝华相招游新洲涨渡湖 / 罗庆云 073

大城蝶变
　　——军运会建设项目工地采风 / 姚义勇 ················· 073

沁园春·军运会倒计时200天畅想 / 姚义勇 ················· 073

东湖樱花赞 / 覃锡昌 ················· 074

武汉三镇亮化展感怀 / 覃锡昌 ················· 074

水调歌头·游大好河山知音故里 / 姚泉名 ·················· 075

贺新郎·郸城涨渡湖湿地观鸟 / 姚泉名 ·················· 075

木兰花·东湖 / 张德顺 ·················· 076

沁园春·武汉 / 张德顺 ·················· 076

访古琴台 / 洪源 ·················· 076

汉阳知音桥 / 雪湘明 ·················· 077

江城览胜 / 张少林 ·················· 077

黄鹤楼头行吟 / 张少林 ·················· 078

盘龙城（二首）/ 丁益喜 ·················· 078

武汉说桥 / 丁益喜 ·················· 079

汉口江滩 / 丁益喜 ·················· 079

登黄鹤楼 / 张旭丽 ·················· 079

桂子山之秋 / 黄小遐 ·················· 080

江城子·再游武汉国际园博园 / 黄小遐 ·················· 080

黄鹤楼月歌 / 张远益 ·················· 080

木兰花慢·武汉长江新城畅想 / 张远益 ·················· 081

歌家乡 / 张世才 ·················· 082

行香子·汉口江滩 / 张世才 ·················· 082

满江红·家居鹦鹉洲头 / 纪剑宪 ·················· 083

临江仙·迎军运会 / 黄春元 ·················· 083

武汉军运 / 吴世干 ·················· 084

礼赞大武汉 / 高寒 ·················· 084

戊戌秋雨中拜谒琴台 / 韩倚云 ·················· 085

晴川阁 / 王惠玲 ·················· 085

水调歌头·今日武汉 / 刘勋甲 ·················· 086

少年汉口北 / 朱换玉 ·················· 086

现代诗篇

光谷 / 车延高 ·················· 087

汽车城（外二首）/ 车延高 ·················· 089

等等我呀，武汉 / 李强 ·················· 091

"讴歌新时代 礼赞大武汉"诗歌征集活动获奖作品

古体诗篇

东湖行吟歌 / 张颖娟 ·················· 097

沁园春·大武汉 / 方世焜 ·················· 099

江城梅花引·东湖樱花开了 / 王崇庆 ·················· 100

赞武汉第七届世界军运会 / 石本钧 ·················· 100

鹧鸪天·登黄鹤楼 / 乔本琳 ·················· 101

车过长江第一隧 / 邢协宇 ·················· 101

新时代大武汉 / 朱景恢 ·················· 102

喝火令·水云居 / 陈克志 ·················· 102

登黄鹤楼 / 罗金华 ·················· 103

黄鹤楼感赋 / 周咬清 ·················· 103

临江仙·武汉东湖观水上马拉松 / 周永凤 ·················· 107

眼儿媚•汉口江滩 / 周知 ………………………………… 107

水调歌头•2019长江灯光秀 / 唐叔豪 ……………………… 108

西江月•汛期瞻仰横渡长江博物馆 / 杨丹 ………………… 108

水调歌头•江滩见闻 / 韩巧云 …………………………… 109

沁园春•光谷之春 / 聂顺芝 ……………………………… 109

沁园春•大武汉 / 曾凡汉 ………………………………… 110

临江仙•行吟阁 / 周利芳 ………………………………… 111

沁园春•李白重游黄鹤楼 / 孙汉清 ……………………… 111

三登乐•武汉光通信（光模块）行业调研感作 / 齐祎宁 …… 112

鹧鸪天•青山红钢城 / 周启安 …………………………… 113

永遇乐•百年武汉 / 程志辉 ……………………………… 113

踏莎行•大武汉扫码自行车 / 曾令山 …………………… 114

水调歌头•大美武汉 / 汪滢 ……………………………… 114

武汉光谷步行街有感 / 李小英 …………………………… 115

木兰花慢•武汉礼赞 / 王广华 …………………………… 115

黄鹤楼颂 / 陶早旭 ……………………………………… 116

武汉军运会 / 孙志刚 …………………………………… 116

过武汉感怀 / 傅渝 ……………………………………… 117

沁园春•武汉 / 黄成平 ………………………………… 117

沁园春•东湖石刻 / 王寿山 …………………………… 118

现代诗篇

江城印象六曲 / 冯冬顺 ………………………………… 119

武汉，一座荡漾幸福的城市 / 邱保青 ……………………… 123

黄鹤楼，像一枚印章给江城武汉诗性落款 / 马冬生 ············ 125

武汉，蔓延光阴的抒情与思考 / 方应平 ················· 127

我全都依你 / 黎萍 ······················· 130

梁子湖对我说

——献给江夏改革开放四十周年 / 邓培江 ············· 132

大美的家园 / 谈云龙 ······················ 136

大武汉，与一场盛世邂逅 / 王海清 ················· 138

大武汉 / 陈松叶 ························· 140

东湖意象 / 晏晴 ························· 142

汉阳词牌，或黄鹤先生笔记一则 / 陆承 ·············· 143

米字形高铁网，大武汉在新世纪展翅飞翔 / 孙凤山 ········ 147

车都赋 / 黄保强 ························· 148

春雨醉江城 / 曾书辉 ······················ 152

最爱之城 / 杨燕飞 ······················· 155

遥问黄鹤

——谁抓住了黄鹤飞过的一缕江风 / 姜建华 ············ 157

长江风·三镇水 / 李文山 ···················· 160

历代诗人咏武汉

古代篇

[战国]屈　原

涉　江（节选）

登昆仑兮食玉英，
与天地兮同寿，
与日月兮齐光。
哀南夷之莫吾知兮，
旦余济乎江湘。
乘鄂渚而反顾兮，
欸①秋冬之绪风。

【注释】①欸（āi），叹息。

【解读】这是屈原晚年被流放江南时所作的爱国抒情诗。表达了诗人坚持政治主张和高尚情操的决心，塑造了一个充满浪漫主义色彩、高洁脱俗的形象。意思是：登上昆仑山吃玉的精华，我要与天地同寿、和日月同光。可悲的是，楚国没人了解我，明早我就要渡过长江和湘水了。在鄂渚登岸，回头遥望国都，忍不住对着秋冬的寒风叹息。

哀 郢（节选）

皇天之不纯命兮，何百姓之震愆？

民离散而相失兮，方仲春而东迁。

去故乡而就远兮，遵江夏^①以流亡。

……

背夏浦而西思兮，哀故都之日远。

登大坟以远望兮，聊以舒吾忧心。

哀州土之平乐兮，悲江介之遗风。

当陵阳^②之焉至兮，淼南渡之焉如？

曾不知夏之为丘兮，孰两东门之可芜。

心不怡之长久兮，忧与愁其相接。

惟郢路^③之辽远兮，江与夏之不可涉。

忽若去不信兮，至今九年而不复。

【注释】①江夏，指长江和夏水。夏水是古水名，故道在今湖北省境内，是长江的支流。②陵阳，指大的波涛。③郢路，指通向楚国都城郢都之路。

【解读】《哀郢》作于公元前278年秦将白起破郢之后。在篇中，屈原对国都沦陷、人民流离表达了强烈的哀愤，谴责了楚国统治者的荒淫误国，并抒发了自己对祖国的无限眷恋之情，充分体现了屈原的爱国情怀。

[晋]陶渊明

辛丑岁七月赴假还江陵夜行涂口

闲居三十载，遂与尘事冥。

诗书敦宿好，园林无俗情。

如何舍此去，遥遥至西荆！

叩枻①新秋月，临流别友生。

凉风起将夕，夜景湛虚明。

昭昭天宇阔，晶晶川上平。

怀役不遑寐，中宵尚孤征。

商歌②非吾事，依依在耦耕③。

投冠旋旧墟，不为好爵萦。

养真衡茅④下，庶以善自名。

【注释】①枻（yì），指船桨。②商歌，典故名，典出《淮南子》卷十二"道应训"。春秋时期宁戚想向齐桓公谋求官职，在齐桓公路经的地方"击牛角而疾商歌"，引起齐桓公的注意，后成就大业。商声凄凉悲切，后遂以"商歌"指悲凉的歌，亦比喻自荐求官。③耦耕，两人并肩而耕，这里指隐居躬耕。④衡茅，指简陋的住房。

【解读】陶渊明，浔阳柴桑（今江西九江市）人。这首诗是陶渊明于公元401年路经涂口（今武汉市江夏区金口）时所作，是其为数不多的行旅诗之一。作者用白描手法描绘江上夜行的所见所遇，抒发了自己欲弃仕还乡、归隐田园的感慨，真切生动，发人兴会。清朝文学家方东树评价："读陶公诗，专取其真。事真、景真、情真、理真，不烦绳削而自合。"

[南北朝]刘　骏

登鲁山诗

解帆憩通渚，息徒凭椒丘^①。

粤^②值风景和，升高从远眺。

纪郢^③穷西路，湘梦极南流。

杳哉汉阴永，浩焉江界修。

【注释】①椒丘，古地名，今址不详。②粤，古同越、曰，文言助词，用于句首或句中。③纪郢，楚国都城郢城，因在纪山之南，也称纪郢。

【解读】刘骏，南北朝时期宋朝的第五位皇帝。鲁山即龟山，刘骏曾坐船到汉水与长江交汇处，登龟山观江景，写下这首诗。诗中表达的风和日丽、登高望远、长江汉水源远流长等意境，抒发了其作为一代帝王的豪迈之情。

[南北朝]鲍　照

登黄鹤矶

木落江渡寒，雁还风送秋。

临流断商弦，瞰川悲棹讴。

适郢无东辕，还夏有西浮。

三崖隐丹磴，九派引沧流。

泪竹感湘别，弄珠怀汉游。

岂伊药饵泰，得夺旅人忧？

【解读】鲍照，字明远，南北朝文学家，与颜延之、谢灵运合称"元嘉三大家"。公元462年秋，孝武帝刘骏第七子刘子顼为荆州刺史，出镇江陵（今湖北省江陵县），诗人作为刘子顼征虏将军府参军随赴荆州任所，途中行经武昌，登黄鹤矶（今蛇山西北）写下这首诗，表达了当时离别家乡的悲愁和疲于奔波的愁苦心情。

[唐]宋之问

汉江宴别

汉广不分天，舟移杳若仙。

秋虹映晚日，江鹤弄晴烟。

积水浮冠盖，遥风逐管弦。

嬉游不可极，留恨此山川。

【解读】这是一首写给友人的留别诗，至于是谁设宴为他送别，不得而知，但此诗表现出的诗人对襄阳山水的眷念之情，却是非常真挚和深沉的。全诗写景手法巧妙，由远而近，仿佛电影画面里的蒙太奇，推拉摇移，层层展开。

[唐]孟浩然

初春汉中漾舟

羊公岘山下，神女汉皋曲。

雪罢冰复开，春潭千丈绿。

轻舟恣来往，探玩无厌足。

波影摇妓钗，沙光逐人目。

倾杯鱼鸟醉，联句莺花续。

良会难再逢，日入须秉烛。

【解读】孟浩然，襄州襄阳（今湖北省襄阳市）人，前半生主要居家侍亲读书，以诗自适，曾隐居汉江边上的鹿门山，开盛唐田园山水诗之先声。汉中即汉水之中。这首诗描写了诗人于初春时节泛舟汉江之上的所见之景，洋溢着诗人对故乡的热爱之情。

鹦鹉洲送王九之江左

昔登江上黄鹤楼，遥爱江中鹦鹉洲。

洲势逶迤绕碧流，鸳鸯鸂鶒①满滩头。

滩头日落沙碛②长，金沙熠熠动飙光。

舟人牵锦缆，浣女结罗裳。

月明全见芦花白，风起遥闻杜若香。

君行采采莫相忘。

【注释】①鸂鶒（xī chì），水鸟名。形大于鸳鸯,而多紫色,好并游,俗称紫鸳鸯。②沙碛（qì），浅水中的沙石。

【解读】老朋友王迥将游江东，作者作诗送别。诗中着意描写了鹦鹉洲的胜景：碧流、水鸟、夕阳、沙石、舟人、浣女、明月、芦花、江风、杜若等，从傍晚到月夜，从无生命体到有生命体，依次写来，浓墨重彩，声光满纸。最后以"君行采采莫相忘"作结，劝友人此行不要乐而忘返，忘了友人的一片深情。

[唐]王　维

送康太守

城下沧江水，江边黄鹤楼。

朱阑将粉堞，江水映悠悠。

铙吹发夏口，使君居上头。

郭门隐枫岸，候吏趋芦洲。

何异临川郡，还劳康乐侯。

【解读】这是一首送别诗，描写了黄鹤楼周边的形势地貌和自然风光，融写景、叙事、抒情、议论于一体。但总的来看，这首诗的思想性、艺术性均不突出，所以古今研究者都很少关注，各种选本均未选，不过它至少可以证明王维是到过黄鹤楼的。

[唐]李 白

江上吟

木兰之枻沙棠舟，玉箫金管坐两头。

美酒樽中置千斛，载妓随波任去留。

仙人有待乘黄鹤，海客无心随白鸥。

屈平词赋悬日月，楚王台榭空山丘。

兴酣落笔摇五岳，诗成笑傲凌沧洲。

功名富贵若长在，汉水亦应西北流。

【解读】这首诗是李白于开元二十二年（734年）游江夏（今武昌）时所作。此诗以江上的遨游起兴，表现了诗人对庸俗现实的蔑弃和对自由美好生活的追求。开头四句，展示江上之游的即景画面，有一种超世绝尘的气氛。结尾四句，回应开头的江上泛舟，活画出诗人藐视一切、傲岸不羁的神态，又从反面说明功名富贵不会长在，并带有尖锐嘲弄的讽刺意味。全诗形象鲜明，感情激扬，气势豪放，无论在思想上还是艺术上，都显示出李白诗歌的特色。

与史郎中钦听黄鹤楼上吹笛

一为迁客去长沙，西望长安不见家。

黄鹤楼中吹玉笛，江城五月落梅花。

【解读】这首诗是唐肃宗乾元元年（758年）李白被流放夜郎，路经江夏（今武昌）时游黄鹤楼所作。该诗描写了诗人游黄鹤楼时听笛的感受，抒发了诗人满腔的迁谪之感和去国之情。前两句写诗人的遭遇和心绪，捕捉了"西望"的典型动作并加以描写，传神地表达了诗人怀念长安之情和望而不见的愁苦；后两句点题，写在黄鹤楼上听吹笛，从笛声化出"江城五月落梅花"的苍凉景象，借景抒情，使前后情景相生、妙合无垠。武汉"江城"之称遂由此而来。

望黄鹤山

东望黄鹤山，雄雄半空出。

四面生白云，中峰倚红日。

岩峦行穹跨，峰嶂亦冥密。

颇闻列仙人，于此学飞术。

一朝向蓬海，千载空石室。

金灶生烟埃，玉潭秘清谧。

地古遗草木，庭寒老芝术。

蹇予羡攀跻，因欲保闲逸。

观奇遍诸岳，兹岭不可匹。

结心寄青松，永悟客情毕。

【解读】这是李白即景生情写下的抒情诗，作于唐肃宗上元元年（760年）春，其时李白自零陵归至巴陵、江夏。黄鹤山，即今天的蛇山。诗中以夸张的手法描写黄鹤山奇伟瑰丽的景色，描绘仙人飞逝以后的荒凉景象，诗人联系自己一生的遭遇，决心把全部情感托付给黄鹤山，以结束客居他乡的流浪生活。

黄鹤楼送孟浩然之广陵

故人西辞黄鹤楼，烟花三月下扬州。

孤帆远影碧空尽，唯见长江天际流。

【解读】唐开元十八年（730年），李白得知孟浩然要去广陵（今江苏扬州），便托人带信，约孟浩然在江夏（今武昌）相会。几天后，孟浩然乘船东下，李白亲自送到江边，临别时写下了这首诗。

该诗寓离情于写景，以绚丽斑驳的烟花春色和浩瀚无边的长江为背景，描绘了一幅意境开阔、色彩明快的送别画。虽为惜别之作，却写得飘逸灵动，情深而不滞，意永而不悲，辞美而不浮，韵远而不虚。全诗没出现一个"离别"，但又句句写着离别；没有直接抒情，却处处透着深情。后人评价此诗"言有尽而意无穷，不著一字尽得风流"。

送储邕之武昌

黄鹤西楼月，长江万里情。
春风三十度，空忆武昌城。
送尔难为别，衔杯惜未倾。
湖连张乐地，山逐泛舟行。
诺为楚人重，诗传谢朓①清。
沧浪吾有曲，寄入棹歌声。

【注释】①谢朓（tiǎo），南朝萧齐文学家，曾任宣城太守、尚书吏部郎，世称"谢宣城"。诗多写山水景色，风格清逸秀丽。

【解读】这是一首送别友人之作。储邕是李白的友人，诗人用"长江万里情"衬托送储邕之情，手法含蓄，耐人寻味。全诗飘逸秀丽，浑然天成，情趣盎然。"沧浪吾有曲，寄入棹歌声"借用《沧浪歌》典故，寄寓诗人不忘武昌之情，同时也表明自己高洁之志，不愿与世俗同流合污。

鹦鹉洲

鹦鹉来过吴江水，江上洲传鹦鹉名。

鹦鹉西飞陇山去，芳洲之树何青青。

烟开兰叶香风暖，岸夹桃花锦浪生。

迁客此时徒极目，长洲孤月向谁明。

【解读】这首诗作于唐肃宗上元元年（760年）。当年春天，遇赦的李白经过一冬的巴陵之游又回到了江夏（今武昌）。在这里，诗人览胜访友，一度又恢复了诗酒放诞的豪情逸致，《鹦鹉洲》就写于此时。此诗借描写鹦鹉洲的艳丽春景吊古伤今，委婉地抒发了诗人慨叹祢衡才高命蹇终被杀的痛惜之情，同时也抒发了自己有才无命，抱负不得施展的悲愤之情。全诗意境浑融，情感深沉，表达了诗人饱经颠沛流离之苦的孤寂心情。

望鹦鹉洲怀祢衡

魏帝营八极，蚁观一祢衡。

黄祖斗筲人，杀之受恶名。

吴江赋鹦鹉，落笔超群英。

锵锵振金玉，句句欲飞鸣。

鸷鹗啄孤凤，千春伤我情。

五岳起方寸，隐然讵可平。

才高竟何施，寡识冒天刑。

至今芳洲上，兰蕙不忍生。

【解读】这是李白的一首怀古之作，叙述了祢衡孤傲的性格和超人的才华，表达了诗人对祢衡的敬仰和哀惜，同时，透露出自己心底怨愤难平之情。此诗刻画人物十分精练，并运用比喻、拟人等艺术手法，表现出强烈的感情色彩，形象鲜明生动，风格深沉含蓄。

经乱离后天恩流夜郎，忆旧游，

书怀赠江夏韦太守良宰

天上白玉京，十二楼五城。

仙人抚我顶，结发受长生。

误逐世间乐，颇穷理乱情。

九十六圣君，浮云挂空名。

天地赌一掷，未能忘战争。

试涉霸王略，将期轩冕荣。

时命乃大谬，弃之海上行。

学剑翻自哂，为文竟何成。

剑非万人敌，文窃四海声。

儿戏不足道，五噫出西京。

临当欲去时，慷慨泪沾缨。

叹君倜傥才，标举冠群英。

开筵引祖帐，慰此远徂征。

鞍马若浮云，送余骠骑亭。

歌钟不尽意，白日落昆明。

十月到幽州，戈鋋若罗星。

君王弃北海，扫地借长鲸。

呼吸走百川，燕然可摧倾。

心知不得语，却欲栖蓬瀛。

弯弧惧天狼，挟矢不敢张。

揽涕黄金台，呼天哭昭王。

无人贵骏骨，騄耳空腾骧。

乐毅倘再生，于今亦奔亡。

蹉跎不得意，驱马过贵乡。

逢君听弦歌，肃穆坐华堂。

百里独太古，陶然卧羲皇。

征乐昌乐馆，开筵列壶觞。

贤豪间青娥，对烛俨成行。

醉舞纷绮席，清歌绕飞梁。

欢娱未终朝，秩满归咸阳。

祖道拥万人，供帐遥相望。

一别隔千里，荣枯异炎凉。

炎凉几度改，九土中横溃。

汉甲连胡兵，沙尘暗云海。

草木摇杀气，星辰无光彩。

白骨成丘山，苍生竟何罪。

函关壮帝居，国命悬哥舒。

长戟三十万，开门纳凶渠。

公卿如犬羊，忠谠醢与菹。

二圣出游豫，两京遂丘墟。

帝子许专征，秉旄控强楚。

节制非桓文，军师拥熊虎。

人心失去就，贼势腾风雨。

惟君固房陵，诚节冠终古。

仆卧香炉顶，餐霞漱瑶泉。

门开九江转，枕下五湖连。

半夜水军来，浔阳满旌旃。

空名适自误，迫胁上楼船。

徒赐五百金，弃之若浮烟。

辞官不受赏，翻谪夜郎天。

夜郎万里道，西上令人老。

扫荡六合清，仍为负霜草。

日月无偏照，何由诉苍昊。

良牧称神明，深仁恤交道。

一忝青云客，三登黄鹤楼。

顾惭祢处士，虚对鹦鹉洲。

樊山霸气尽，寥落天地秋。

江带峨眉雪，川横三峡流。

万舸此中来，连帆过扬州。

送此万里目，旷然散我愁。

纱窗倚天开，水树绿如发。

窥日畏衔山，促酒喜得月。

吴娃与越艳，窈窕夸铅红。

呼来上云梯，含笑出帘栊。

对客小垂手，罗衣舞春风。

宾跪请休息，主人情未极。

览君荆山作，江鲍堪动色。

清水出芙蓉，天然去雕饰。

逸兴横素襟，无时不招寻。

朱门拥虎士，列戟何森森。

剪凿竹石开，萦流涨清深。

登台坐水阁，吐论多英音。

片辞贵白璧，一诺轻黄金。

谓我不愧君，青鸟明丹心。

五色云间鹊，飞鸣天上来。

传闻赦书至，却放夜郎回。

暖气变寒谷，炎烟生死灰。

君登凤池去，忽弃贾生才。

桀犬尚吠尧，匈奴笑千秋。

中夜四五叹，常为大国忧。

旌旆夹两山，黄河当中流。

连鸡不得进，饮马空夷犹。

安得羿善射，一箭落旄头。

【解读】这是李白创作的一首自传体长诗，是李白诗集中最长的一首诗，作于李白从流放夜郎途中被赦免后滞留江夏时。诗人回顾了自己的人生历程，抒发了自己的政治感慨。其中"清水出芙蓉，天然去雕饰"两句流传甚广，可看成李白诗风的写照。

江夏赠韦南陵冰

胡骄马惊沙尘起，胡雏饮马天津水。

君为张掖近酒泉，我窜三巴九千里。

天地再新法令宽，夜郎迁客带霜寒。

西忆故人不可见，东风吹梦到长安。

宁期此地忽相遇，惊喜茫如堕烟雾。

玉箫金管喧四筵，苦心不得申长句。

昨日绣衣倾绿樽，病如桃李竟何言？

昔骑天子大宛马，今乘款段诸侯门。

赖遇南平豁方寸，复兼夫子持清论。

有似山开万里云，四望青天解人闷。

人闷还心闷，苦辛长苦辛。

愁来饮酒二千石，寒灰重暖生阳春。

山公醉后能骑马，别是风流贤主人。

头陀云月多僧气，山水何曾称人意？

不然鸣笳按鼓戏沧流，呼取江南女儿歌棹讴。

我且为君槌碎黄鹤楼，君亦为吾倒却鹦鹉洲。

赤壁争雄如梦里，且须歌舞宽离忧。

【解读】唐肃宗乾元二年（759年），李白在流放夜郎途中遇赦回还，在江夏（今武昌）逗留的日子里，遇见了长安故人、时任南陵（今属安徽）县令的韦冰。此时刚遇大赦，又骤逢故人，李白惊喜异常，便写下了这首政治抒情诗。全诗写得回肠荡气，痛快淋漓，笔调豪放，个性突出，有着强烈的感情色彩。

[唐]崔　颢

黄鹤楼

昔人已乘黄鹤去，此地空余黄鹤楼。

黄鹤一去不复返，白云千载空悠悠。

晴川历历汉阳树，芳草萋萋鹦鹉洲。

日暮乡关何处是？烟波江上使人愁。

【解读】这是一首吊古怀乡之作，前四句写登临怀古，后四句写站在黄鹤楼上的所见所思，信手而就，一气呵成。整首诗文词流畅、景色明丽，虽有乡愁，却不颓废，充满了意中有象、虚实结合的意境美和气象恢宏、色彩缤纷的绘画美，被后世公认为题咏黄鹤楼的第一名篇。传说李白登黄鹤楼，有人请他题诗，他说："眼前有景道不得，崔颢题诗在上头。"

[唐]刘长卿

自夏口至鹦鹉洲夕望岳阳寄源中丞

汀洲无浪复无烟，楚客相思益渺然。

汉口夕阳斜渡鸟，洞庭秋水远连天。

孤城背岭寒吹角，独树临江夜泊船。

贾谊上书忧汉室，长沙谪去古今怜。

【解读】该诗当是诗人在至德（唐肃宗年号，756—758年）年间任鄂州转运留后，出巡到夏口一带时所作。作者自夏口乘船出发，夕阳西下时便抵达鹦鹉洲，触景生情，写了这首诗，寄给远在洞庭湖畔的源中丞。

[唐]刘禹锡

武昌老人说笛歌

武昌老人七十馀，手把庾令相问书。

自言少小学吹笛，早事曹王曾赏激。

往年镇戍到蕲州，楚山萧萧笛竹秋。

当时买材恣搜索，典却身上乌貂裘。

古苔苍苍封老节，石上孤生饱风雪。

商声五音随指发，水中龙应行云绝。

曾将黄鹤楼上吹，一声占断秋江月。

如今老去语尤迟，音韵高低耳不知。

气力已微心尚在，时时一曲梦中吹。

【解读】刘禹锡是中唐时期著名的文学家、思想家、政治家，长于歌行并绝句，柳宗元评价其文"隽而膏，味无穷而炙愈出也"。这首诗是体现作者创作风格的代表作之一。

出鄂州界怀表臣二首

一

离席一挥杯，别愁今尚醉。
迟迟有情处，却恨江帆驶。

二

梦觉疑连榻，舟行忽千里。
不见黄鹤楼，寒沙雪相似。

【解读】唐长庆元年（821年）冬，刘禹锡被任命为夔州（今重庆市奉节县）刺史，在由洛阳赴任途中，经鄂州（今武汉市长江西岸）与鄂州刺史、鄂岳观察使李程相会。离别之际，刘禹锡写了五首诗，这是其中两首，表达了自己对友人的怀念。

[唐]白居易

卢侍御与崔评事为予于黄鹤楼置宴，宴罢同望

江边黄鹤古时楼，劳置华筵待我游。
楚思淼茫云水冷，商声清脆管弦秋。

白花浪溅头陀寺，红叶林笼鹦鹉洲。

总是平生未行处，醉来堪赏醒堪愁。

【解读】这首诗是答谢设宴主人的应酬之作，但却没有一般应酬诗的俗气。诗中生动描绘了黄鹤楼周边的迷人景致：城墙之下，头陀寺与黄鹤楼遥相辉映；大江之中、洲渚之上，成片成片的枫叶红彤彤地辉映在蓝天碧水之中。"白花浪溅头陀寺，红叶林笼鹦鹉洲"一句，表现了作者非凡的想象力和独特的审美情趣。

戏题木兰花

紫房日照燕脂坼，素艳风吹腻粉开。

怪得独饶脂粉态，木兰曾作女郎来。

【解读】木兰花又称为女郎花，这首诗用美妙的比拟手法，描写了生机盎然的木兰花，给人一种动态的、勃发着青春活力的美，可谓匠心独运，耐人寻味。

[唐]贾　岛

黄鹤楼

高槛危檐势若飞，孤云野水共依依。

青山万古长如旧，黄鹤何年去不归？

岸映西州城半出，烟生南浦树将微。

定知羽客无因见，空使含情对落晖。

【解读】这首诗描写了黄鹤楼居高临下的地理位置和壮丽优美的自然

景致，前四句诗写得大气雄浑、气象万千。西州指鹦鹉洲，城指汉阳城。

[唐]杜　牧

题木兰庙

弯弓征战作男儿，梦里曾经与画眉。

几度思归还把酒，拂云堆上祝明妃。

【解读】这首咏史诗是杜牧任黄州刺史时，游历至木兰庙，触景怀古，为木兰庙题写的。诗中通过对人物形象的生动刻画和细致的心理描写，塑造了一位光彩照人的巾帼英雄形象。诗人采用先抑后扬的手法，集中表达了郁结于木兰心中的凄楚与忧伤，可谓"字字客中愁，声声女儿怨"，把女英雄的思想境界推向高峰，从而突出了这首诗的主旨。明妃，指的是西汉王昭君。

送王侍御赴夏口座主幕

君为珠履三千客，我是青衿七十徒。

礼教全优知隗始，讨论常见念回愚。

黄鹤楼前春水阔，一杯还忆故人无？

【解读】这首诗是诗人为送别友人去夏口（今武昌）而作的。他提醒友人到了夏口登临黄鹤楼，面对满江春水畅饮时，别忘了他这位旧友。

[宋]王安石

伯 牙

千载朱弦无此悲，欲弹孤绝鬼神疑。

故人舍我归黄壤，流水高山心自知。

【解读】伯牙与钟子期，因一曲《高山流水》结缘，彼此视对方为知音，用如瀑如山的琴音，叙写了一段友谊传奇。诗人以此为题材，歌颂了文人雅士超尘脱俗的友谊，传达出声气相求的知音理念，使全诗具有了一种空灵的特质。

[宋]苏 轼

大别方丈铭

闭目而视，目之所见，冥冥蒙蒙。

掩耳而听，耳之所闻，隐隐隆隆。

耳目虽废，见闻不断，以摇其中。

孰能开目，而未尝视，如鉴写容。

孰能倾耳，而未尝听，如穴受风。

不视而见，不听而闻，根在尘空。

湛然虚明，遍照十方，地狱天宫。

蹈冒水火，出入金石，无往不通。

我观大别，三门之外，大江方东。

东西万里，千溪百谷，为江所同。

我观大别，方丈之内，一灯常红。

门闭不开，光出于隙，晔如长虹。

问何为然，笑而不答，寄之盲聋。

但见庞然，秀眉月面，纯漆点瞳。

我作铭诗，相其木鱼，与其鼓钟。

【解读】兴国寺，旧址在龟山南麓一带，原有唐代古庙一座，于北宋太平兴国年间奉敕重建，故名兴国寺。该寺元末毁于兵火，明万历年间重建，后屡毁屡建，至民国年间逐渐衰败，今已无存。宋朝元丰年间(1078—1085年)，苏轼奉诏自黄州回朝，路过汉阳，游历兴国寺，撰写《大别方丈铭》，描绘了兴国寺外的壮丽风光。

满江红·寄鄂州朱使君寿昌

江汉西来，高楼下、蒲萄深碧。犹自带、岷峨雪浪，锦江春色。君是南山遗爱守，我为剑外思归客。对此间、风物岂无情，殷勤说。

《江表传》，君休读。狂处士，真堪惜。空洲对鹦鹉，苇花萧瑟。不独笑书生争底事，曹公黄祖俱飘忽。愿使君、还赋谪仙诗，追黄鹤。

【解读】这首词作于苏轼贬居黄州期间，是寄给时任鄂州（治所在今武昌）知州的友人朱寿昌的。这首词由景及情，直抒胸臆，境界豪放。作者笔端饱含感情，将写景、怀古、抒情相结合，不粘不滞，思想深沉，笔力横放，虽为酬答之作，却也体现了东坡词的豪放风格。

[宋]黄庭坚

鄂州南楼书事

四顾山光接水光，凭栏十里芰荷香。

清风明月无人管，并作南楼一味凉。

【解读】这首诗描写的是诗人夏夜在武昌登楼眺望的情景。作者凭栏远眺，但见山水一色、荷叶田田，身旁是习习清风，空中是朗朗明月，构成了一个高远、空灵、富有立体感的艺术世界。黄庭坚一生命运崎岖坎坷，由于遭人陷害中伤，曾贬官至蜀中六年之久；召回才几个月，又被罢官到武昌闲居，怅恨之情由是潜滋暗长。"清风明月无人管"，正是诗人这种心绪的自然流露。

[宋]岳　飞

满江红·登黄鹤楼有感

遥望中原，荒烟外、许多城郭。想当年、花遮柳护，凤楼龙阁。万岁山前珠翠绕，蓬壶殿里笙歌作。到而今、铁骑满郊畿，风尘恶。

兵安在？膏锋锷。民安在？填沟壑。叹江山如故，千村寥落。何日请缨提锐旅，一鞭直渡清河洛。却归来、再续汉阳游，骑黄鹤。

【解读】《满江红·登黄鹤楼有感》写于南宋绍兴四年（1134年），岳飞出兵收复襄阳六州驻节鄂州时。作品通过不同的画面，形成今昔鲜明对比，又利用短句、问语等形式，表达出强烈的情感，有极强的感染力。同时，刻画了一位以国事为己任，决心收复失地的爱国英雄形象。

[宋]陆　游

黄鹤楼

手把仙人绿玉枝，吾行忽及早秋期。

苍龙阙角归何晚，黄鹤楼中醉不知。

江汉交流波渺渺，晋唐遗迹草离离。

平生最喜听长笛，裂石穿云何处吹。

【解读】陆游，越州山阴（今浙江绍兴）人。作者写这首诗时，黄鹤楼尚未重建，面对滔滔大江，叹不见黄鹤楼而发幽思。诗中充溢着作者身世飘零、念天地之悠悠的怅惘感，但更多的是感时伤世，感慨南北分离金瓯碎的爱国情怀。

[宋]范成大

鄂州南楼

谁将玉笛弄中秋？黄鹤归来识旧游。

汉树有情横北渚，蜀江无语抱南楼。

烛天灯火三更市，摇月旌旗万里舟。

却笑鲈乡垂钓手，武昌鱼好便淹留。

【解读】这首诗是诗人于南宋淳熙四年(1177年)，自四川东归行至武昌途中，中秋之夜受当地官吏招待同游南楼而作的。全诗以写景为主，尾联抒情，自嘲自己本该是垂钓家乡的隐士，如今却因留恋鄂州景色而忘记了归期，不如早早回乡，表达了作者对官场的厌恶之情以及弃官归隐的情怀。

[宋]袁说友

游武昌东湖

只说西湖在帝都，武昌新又说东湖。

一围烟浪六十里，几队寒鸥千百雏。

野木迢迢遮去雁，渔舟点点映飞乌。

如何不作钱塘景，要与江城作画图。

【解读】袁说友，福建建安（今福建建瓯）人，官至吏部尚书，毕生最爱西湖，所吟诗作里多有赞美词句。难得他有一年游览东湖，写下这首大气磅礴的诗，描绘了东湖的浩渺和野趣，迄今为止尚无诗歌描写东湖有如此传神生动。如今，在东湖磨山崖头有一座摩崖石刻，刻写的就是这首诗。

[宋]辛弃疾

水调歌头·折尽武昌柳

折尽武昌柳，挂席上潇湘。二年鱼鸟江上，笑我往来忙。富贵何时休问，离别中年堪恨，憔悴鬓成霜。丝竹陶写耳，急羽且飞觞。

序兰亭，歌赤壁，绣衣香。使君千骑鼓吹，风采汉侯王。莫把骊驹频唱，可惜南楼佳处，风月已凄凉。在家贫亦好，此语试平章。

【解读】南宋乾道八年（1172年），辛弃疾离开浙江杭州到安徽滁州任知州。滁州解任之后，他频繁调迁，短短三四年间，奔波于湖北、江西、浙江、湖南各地，使人疲惫。最伤感的是，他深感自己人到中年，生命由盛转衰，人生充满了恐惧和悲凉。在离开湖北的饯别宴会上，辛弃疾即席赋了这首词，表达了自己的凄凉心境。

[元]揭傒斯

夏五月武昌舟中触目

两髯背立鸣双橹，短蓑开合沧江雨。

青山如龙入云去，白发何人并沙语。

船头放歌船尾和，篷上雨鸣篷下坐。

推篷不省是何乡，但见双双白鸥过。

【解读】揭傒斯，龙兴富州（今江西丰城）人，元代著名诗人。这首诗把江船上的渔翁和江岸上的青山写得呼之欲出，清新生动。诗人不是简单地模山范水，而是赋山水以灵性，表达了作者对大自然的热爱。在古代的山水诗中，这首诗可以说是别具一格的佳作。

[元]白　贲

正宫·鹦鹉曲

侬家鹦鹉洲边住，是个不识字渔父。浪花中一叶扁舟，睡煞江南烟雨。

觉来时满眼青山，抖擞绿蓑归去。算从前错怨天公，甚也有安排我处。

【解读】这是元代文学家白贲所作的一首小令。乍看该曲是礼赞隐逸生活，实则是抒发怀才不遇的愤懑。作者说自己是个不识字渔夫，实为对社会的愤激之语。当时，在民族歧视政策下，汉族文士多不能为国所用，这支曲道出了他们共同的心声。

[明]朱元璋

征陈至潇湘

马渡沙头苜蓿香，片云片雨过潇湘。
东风吹醒英雄梦，不是咸阳是洛阳。

【解读】元末时期，朱元璋率师亲征，在鄱阳湖大败同为农民起义领袖的大汉王陈友谅，追至武昌，得知陈友谅伤重身亡，便班师回京。行至潇湘湖（今湖北省武汉市后湖地区）时，便勒马赋诗。诗中最后两句，作者自比与项羽争夺天下的刘邦，当年楚汉之争的转折点"成皋之战"中刘邦占据洛阳，突出了他欲图霸业的雄心。后人评价此诗"天葩睿藻，豪宕英迈"。

[明]何景明

送卫进士推武昌

少年佐郡楚城居，十郡风流尽不如。
此去且随彭蠡雁，何须不食武昌鱼。
仙人楼阁春云里，贾客帆樯晚照余。
大别山前汉江水，画帘终日对清虚。

【解读】何景明，河南信阳人，明代"文坛四杰"重要人物之一。这是一首送别诗，作者在赞誉中送友人上路，在劝慰谈笑中与友人告别，别后留给诗人的却只有空旷寂落的高山流水。诗作明朗秀丽，后四句是对武汉自然风光的描写，展示了一幅天上人间、仙风俗客的俊美画卷。

[明]李时珍

黄鹤楼怀古

当年控鹤访神州，独占荆南贳酒楼。

百尺倚楼吹玉笛，一生随地换金裘。

花翻笔底笼鹦鹉，星落杯中吸斗牛。

三万六千消不尽，翩然散发下沧洲。

【解读】李时珍，湖北蕲春人，《本草纲目》作者，被誉为"药圣"。这是一首怀古诗，借用了李白所写的黄鹤楼诗篇的几个典故，表达了作者的追古述远情怀。

[明]张居正

舟泊汉江望黄鹤楼

枫林霜叶净江烟，锦石游鱼清可怜。

贾客帆樯云里见，仙人楼阁镜中悬。

九秋槎影横清汉，一笛梅花落远天。

无限沧洲渔父意，夜深高咏独鸣舷。

【解读】万历内阁首辅张居正在初入政坛时，正值严嵩当政，官场黑暗。他深感理想无法实现，于嘉靖三十三年（1554年）借口养病，离京归乡。这首诗是张居正返乡途经黄鹤楼时所作。

全诗虚实结合，构成了一幅高远清丽、幽静闲适的秋江夜景图。夜深时分，诗人独自扣舷高咏，既表达了理想无法实现、归隐田园的孤寂悲凉之意，也流露出作者陶醉在自然风光中的自得愉悦之情。

柏 亭

手植凌霄干，葱葱已数寻。

萧森含野气，苍翠落庭阴。

坐处云团盖，吟成月满村。

栽培元有意，霜雪竟难侵。

影接松峰暗，香分桂苑深。

幸承玄景荫，长伴岁寒心。

【解读】相传大禹治水曾到过龟山，种了不少柏树。唐代诗人崔颢的著名诗句"晴川历历汉阳树"，汉阳树指的就是大禹在龟山栽种的柏树。自宋代起，有不少文人墨客来汉寻访禹柏，到明代又有人为古柏建亭以纪念大禹。这首诗是张居正游访柏亭时所作。

[明]李维桢

晴川阁

登楼不作望乡悲，芳草晴川此一时。

浪色桃花歌共艳，春声杨柳递相吹。

风涛自稳鱼龙窟，星月空喧鸟雀枝。

锦缆牙樯君莫问，扁舟吾已学鸥夷。

【解读】李维桢，湖北京山人，曾任翰林院编修，官至礼部尚书。这首诗描绘了晴川阁的秀美春光。

[明]赵 弼

汉 口

茫茫汉口入江流，两岸芦花泊钓舟。

梁武旧城无觅处，寒烟衰草不胜愁。

【解读】赵弼，福建南平人。这首诗描绘了汉口大江横流、芦花飘舞的苍茫秋色。

[清]吴 琪

汉 口

雄镇曾闻夏口名，河山百战未全更。

竞流汉水趋江水，夹岸吴城对楚城。

十里帆樯依市立，万家灯火彻宵明。

梁园思客偏多感，直北沧茫是帝京。

【解读】明嘉靖二十一年（1542年），汉口岸边的居仁、由义、循礼、大智等四坊居民区连成一线，成为汉水北岸的主要街市，始名正街，这就是历史上最早的汉正街。明末清初，汉水沿岸码头已初步形成以北岸汉正街为主的"八码头临一带河"的态势，呈现出"十里帆樯依市立，万家灯火彻宵明"的繁华市井。这首诗就描绘了当时汉口的繁盛景象。

[清]熊赐履

月　湖

大别山头湖似月，小军山下月如湖。

垂杨映月湖生翠，芳草平湖月浸襦。

月受湖光涵月镜，湖连月色印湖盂。

月湖湖光常如此，泛月游湖可再乎！

【解读】熊赐履，湖北孝感人，清初理学名臣，官至吏部尚书、东阁大学士，曾任康熙皇帝经筵讲官。这首律诗，全诗八句，作者一连用了9个"月"字，每句都含有"月湖"两字，极尽月湖之美，并期待着再次泛舟月湖之上。

[清]袁　枚

黄鹤楼看雪

汉水茫茫摇白浪，一楼高踞浪花上。相传黄鹤此间飞，至今犹画仙人像。仙人一去不再来，我竟两次腾麻鞋。更值天公张玉戏，雪花片片飞瑶台。鹦鹉洲，汉阳树，远望迷离一匹布。妙手描成白泽图，长江化作银河渡。卅年看雪俱在家，今年看雪天之涯。达人行乐足向神仙夸，可奈想杀小仓山里千梅花。长揖与仙约：借我黄仙鹤，骑上鹤发翁，鹤翅休毵毵①，趁此高楼西北风，送我连夜还山中。一天明月一支笛，踏破琼瑶万万重！

【注释】①氄氄（méng tóng），羽毛松散貌。

【解读】袁枚，浙江杭州人，清代著名文学家。这首诗描绘了作者在黄鹤楼上远眺见到的白茫茫雪景。

[清]毛会建

晴川补树

大别暗山足，轮风激颓波。

白日惊雷雨，半夜鸣蛟鼍。

独有晴川树，清光晴较多。

沧桑一朝改，历历觉如何。

我移天上种，来种山之坡。

殷勤杂榆柳，与柏相婆娑。

近云飘玉叶，远雾飞纤罗。

高阁腾空起，时时仙家过。

树底闻猿鸣，树杪听笙歌。

我亦忘情者，心计久蹉跎。

风波苦未谙，适情得岩阿。

题诗愧黄鹤，好事及绿莎。

愿言千载后，碧树交枝柯。

历历晴川上，长邀七字哦。

【解读】唐代崔颢的《黄鹤楼》诗，造就了汉阳树、晴川阁等千古胜景。因洪灾和战火时有损坏，人们常在大灾或战乱后遍植树木,文人墨客多有吟咏。这首诗描写的是一次"文人施小补"。大别山，就是现在的龟山，据说站在今汉口龙王庙附近，可发现长江与汉水一浑一清，"泾渭分明"，是谓"大别"，因而得名。

游晴川阁

江汉滔滔南国纪，神鳌跋浪中天起。

动摇鳞甲生颠风，吹落烟波走千里。

烟波江上石磷磷，老树挟风吹向人。

青鸟无声翠蛟舞，但觉空山有鬼神。

巍然高阁翼其上，七泽三湘同入望。

俯瞰晴川一水盈，朝暾夕照光摩荡。

两城夹水势相高，芳洲之草何潇潇。

黄鹤远随帆影至，白云犹傍笛声飘。

白云黄鹤自千载，楼中仙人谁复在。

欲腾而上一问之，天高身弱心如痗。

我肴既嘉酒既清，曲终人散暮潮平。

一叶横江不知处，却凝乘醉下蓬瀛。

【解读】这首诗描绘了作者游晴川阁时见到的江景。

[清]赵　翼

夜泊汉口

一派晴江接汉川，落帆风紧到堤边。

繁星历乱千樯火，幻市青灯万瓦烟。

孔道舟车人似海，中宵弦管月当天。

经过别有繁雄意，笑我何求也泊船。

【解读】赵翼，江苏阳湖（今江苏常州）人，清代著名史学家和诗人。赵翼任贵州分巡贵西兵备道时，因被吏部降一级使用而毅然辞官，经洞庭湖北入长江，顺长江东下回到故乡。这首诗是作者夜泊汉口所作，描绘了汉口帆樯林立、灯火通明、人流滚滚的繁盛景象。

[清]林则徐

题朱久香学使《花间补读图》（二首）

一

黄鹤楼前玉笛吹，梅花如雪驻襜帷。

燃藜独理丹铅业，门下何人借一鸥。

二

西风分手短长亭，水蓼红疏荇叶青。

何日名人同展卷，书声还许灶觚听。

【解读】林则徐，福建侯官（今福建闽侯）人，清末著名政治家，伟大的爱国主义者。这是作者为友人所作的一组题图诗。

[清]张之洞

奥略楼楹联

昔贤整顿乾坤，缔造皆从江汉起。

今日交通文轨，登临不觉亚欧遥。

【解读】张之洞督鄂18年，开启了武汉现代化进程的大幕。张之洞离鄂后，其门生故吏在黄鹤楼故址附近建造风度楼。张之洞根据《晋书·刘弘传》中"恢宏奥略，镇绥南海"的语意，将风度楼改名为奥略楼，并为之题写楹联。这副对联意境深远，既点明了武汉所处的重要政治地位和地理位置，也显示了张之洞放眼世界的气派，"登临不觉亚欧遥"，不仅映衬出楼的高大气势，更在意境上超越了古人，颇具现代气息。

为俄皇子游晴楼题

海西飞轶历重瀛，储贰①祥钟比德城。

日丽晴川开绮席，花明汉水迓霓旌。

壮游雄揽三洲胜，嘉会欢连两国情。

从此敦盘传盛事，江天万里喜澄清。

【注释】①储贰，亦作"储二"，指太子。

【解读】这是一首古体外交诗。清光绪十七年（1891年），沙俄皇太子尼古拉一行在肃亲王善耆陪同下乘坐南洋水师军舰沿长江而上，到访汉口。张之洞在晴川阁设宴接待俄皇太子，席间题写这首诗赠送俄皇太子，认为"这次访问一定会传为外交史上的佳话，喜迎万里海疆的太平"。

[清]康有为

登黄鹤楼

浪流滚滚大江东，鹤去楼烧矶已空。

巫峡云雨卷朝暮，汉阳烟树带青红。

万家楼阁随波远，百战江山扼势雄。

极目苍天帆影乱，中原万里对西风。

【解读】康有为，广东南海人，我国近代史上著名的思想家、政治家、教育家和文学艺术家，清末戊戌变法的主要发起者。这首诗是康有为戊戌变法失败后游历黄鹤楼所作。作者寓情于景，描绘了黄鹤楼前江山气势之雄浑、江上意境之开阔，映衬了自己内心的苦闷。诗中最后一句"中原万里对西风"，隐含着作者对国家危亡的深深忧虑。

[清]谭嗣同

登洪山宝通寺塔

颓乌西堕风忽忽，吹瘦千峰撑病骨。

半规江影卧雕弓，郊原冷云结空缘。

楚尾吴头入尘埃，一铃天上悬孤籁。

凭栏俯见寒鸦背，余晖驮出秋城外。

【解读】宝通寺塔，原名临济塔，为该寺住持僧缘寇所建，元代竣工。这首诗写作者登塔所见：颓乌、瘦峰、病骨，这些意象，象征着晚清王朝日薄西山奄奄一息的现实状况；江影、冷云、孤籁，描绘出上自天空，下至尘世，全是一片死寂，了无生气。全诗通过奇崛的构图，抒写对清朝统治的怨愤，预示着它的灭亡。

览武汉形势

黄沙卷日堕荒荒，一鸟随云度莽苍。

山入空城盘地起，江横旷野竟天长。

东南形胜雄吴楚，今古人才感栋梁。

远略未因愁病减，角声吹彻满林霜。

【解读】这首诗通过描写武汉荒凉空旷的景色、优越的地理形势，强烈抨击了封建君主专制制度，寄托了作者对清政府政治腐败的感伤，充满了爱国热情。篇末借不断吹响的号角和枫林霜红，表达了作者改良封建社会的政治抱负和不惧牺牲的壮志豪情。

近现代篇

◎毛泽东

菩萨蛮·黄鹤楼

茫茫九派流中国，沉沉一线穿南北。烟雨莽苍苍，龟蛇锁大江。

黄鹤知何去？剩有游人处。把酒酹滔滔，心潮逐浪高。

【解读】这首词创作于1927年春。作者自注："一九二七年，大革命失败的前夕，心情苍凉低落，一时不知如何是好。这是那年的春季。夏季，八月七号，党的紧急会议，决定武装反击，从此找到了出路。"这首词是作者的借景抒怀之作，全词以苍茫深沉起笔，以激越昂扬收束，表达了作者对于他所处时代的沉郁抱负和热切期待。

五古·挽易昌陶(节选)

子期竟早亡，牙琴从此绝。

琴绝最伤情，朱华春不荣。

【解读】这首诗写于1915年5月，是作者为悼念挚友易昌陶而作，表达了对良友早逝的悲痛心情，同时抒发了忧国伤时的情怀。节选中的四句以伯牙失去钟子期而摔琴作喻，说明自己与易昌陶是知音，以及失去知音好友无以言状的痛苦心情。

水调歌头·游泳

才饮长沙水，又食武昌鱼。万里长江横渡，极目楚天舒。不管风吹浪打，胜似闲庭信步，今日得宽馀。子在川上曰：逝者如斯夫！

风樯动，龟蛇静，起宏图。一桥飞架南北，天堑变通途。更立西江石壁，截断巫山云雨，高峡出平湖。神女应无恙，当惊世界殊。

【解读】从1956年到1966年十年间，毛泽东在武汉共畅游长江17次，这首词是他1956年6月游长江后所作。全词取材独特，用词新颖，从上阕对游泳的舒畅之感及时光流逝之感，一直写到下阕对社会主义建设蓝图在胸的自由联想，生动表现出一位伟大的无产阶级革命家的世界观和征服大自然的气魄。

◎宋庆龄

谒九女墩

鄂中巾帼九英雄，壮烈牺牲后世风。
辛亥太平前后起，推翻帝制古今崇。

【解读】1953年12月，宋庆龄在东湖九女墩凭吊太平天国九名女战士时，作了这首诗，肯定"她们的反抗，为了人民，她们献出了一切"，高度评价了九位太平军女战士英勇不屈的大无畏精神。

◎董必武

武昌东湖九女墩

一

自求解放入天军，巾帼英雄著义声。
苟灌①秦良玉②相比，有名曷若此无名？

二

埋玉深深未敢传，万千忧愤欲回天。
清朝覆后来袁蒋③，寂寞荒坟已百年。

三

湖光山色各悠悠，共伴块然土一丘。
群众最怜英烈女，口碑传出足千秋。

四

人民咸庆大翻身，国势峥嵘气象新。

九女有灵如不昧，亦当含笑享明禋。

【注释】①荀灌（303年—？），字灌娘，故亦称荀灌娘，颍川临颍（今河南临颍县）人，是中国古代智勇双全的女英雄。其父襄阳太守荀崧被反贼杜曾围困，荀灌女扮男装，突围搬兵，解了襄阳之围。②秦良玉（1574—1648年），字贞素，四川忠州（今重庆忠县）人，明朝末年著名女将，战功显赫。③袁蒋，指袁世凯和蒋介石。

【解读】太平天国起义爆发后，太平军三打武昌城，最后失败。太平军九位女战士被清廷杀害，无人敢埋。当地百姓同情女义士，偷偷埋了九位无名女英雄，为防清廷挖坟，将坟墓修得像九个土墩，九女墩地名由此而来。1952年12月，董必武特赋诗四首，表达了对英雄九女的赞美之情。

闻长江大桥成喜赋

江汉三城隔，相持鼎足然。

地为形所限，人与货难迁。

利涉资舟楫，风涛阻往还。

梦思仙杖化，喜见铁桥悬。

武汉连一气，龟蛇在两边。

滔滔流不尽，荡荡路无偏。

转运增潜力，工程壮大千。

山青深浅杂，云白卷舒妍。

黄鹤楼非旧，晴川阁尚全。

游观当日暮，何物惹愁牵？

【解读】这首诗是董必武于1957年武汉长江大桥建成通车之际写下

的。作者将叙事与写景融为一体，尤其是关于长江大桥风光景致的描绘，别具匠心，意趣盎然，流露出对长江大桥无限赞美的欣喜情怀。

◎叶剑英

题行吟阁

泽畔行吟放屈原，为伊太息有婵娟。

行廉志洁泥无滓，一读骚经一肃然。

【解读】行吟阁在东湖听涛轩东侧小岛上，为中华人民共和国成立之初兴建，取屈原"行吟泽畔"之意命名。1979年4月，叶剑英同志游览东湖，行至行吟阁时，提笔作此诗，对屈原作出了崇高评价，并以"行廉志洁"鞭策自己。

自度·长江大桥

龟蛇对峙，千年浊浪排空起。折戟沉沙，英雄淘尽，都无觅处。天公叹服，地上神仙，长桥飞架，南北东西无阻。

遥想银河，斜窥牛女，端的乍惊还妒。江心独立，看巫峡巫山，头吴尾楚，任你从容指顾。流水不关情，让它滚滚东去。

【解读】1957年10月15日，武汉长江大桥正式通车。叶帅闻之，逸兴遄飞，欣然提笔写下了这首大气磅礴的壮美词作，热情讴歌社会主义中国在共产党的领导下，人民群众焕发出的伟大创造力。"长桥飞架，南北东西无阻"，与毛泽东的"一桥飞架南北，天堑变通途"有异曲同工之妙。

◎林育南

古风·龟蛇吟

龟蛇古灵物，向如俗所称。

龟灼卜先知，蛇起兆战争。

我来江汉浒，数载与君邻。

朝上抱冰堂，暮宿紫阳亭。

邦国亦委瘁，贫困辱苍生。

哀鸿满泽国，郑侠实怆神。

视天若梦梦，龟蛇何昏沉。

谁知超群力，于今竟无闻！

念兹将去汝，适彼海之垠。

【解读】林育南，湖北黄冈人，我党早期工人运动的著名领袖、"龙华二十四烈士"之首。这首抒情诗是作者1923年与友人同游龟山后所作。作者以龟蛇作喻，形象地写出了当时所处的情势和思想变化的过程，全诗始终隐含着作者因报国无计、壮志难酬而焦虑郁愤的情绪。诗中最后一句"念兹将去汝，适彼海之垠"，表达了作者抛弃幻想去寻找正确道路实现理想的远大抱负，将沉闷抑郁的气氛一扫而清。

◎于右任

浪淘沙·黄鹤楼

烟树望中收，故国神游。江山霸气剩浮沤。黄鹤归来应堕泪，泪满汀洲。

凭吊大江秋，尔许闲愁。纷纷迁客与清流。若个英雄凌绝顶，痛哭神州。

【解读】于右任，陕西三原人，民主革命先驱，中国近现代史上著名的政治家、教育家、书法家，1964年逝世于台湾。这首词是作者1907年到武汉登黄鹤楼时所写。当时，作者回乡省亲途经武昌，登楼远望，深感国家衰弱、民不聊生，心情沉重，遂发而赋词。全词格调沉郁、感情悲切，表达了作者忧国忧民的情怀。

◎ 柳亚子

刘雪耘见顾，属题《黄鹤楼图》，报以一截

三户亡秦誓荆楚，高楼黄鹤意难平。

河山倘见澄清日，愿挹椒浆酹祢生①。

【注释】①祢生，指祢衡（173—198年），字正平，平原郡（今山东德州）人。个性恃才傲物，曾击鼓羞辱曹操，后因言语冲突被江夏太守黄祖所杀。

【解读】柳亚子，江苏吴江人，现代著名诗人，早年入同盟会、光复会，抗战胜利后任中国国民党革命委员会中央常务委员，中华人民共和国成立后任中央人民政府委员、全国人大常委会委员。

1944年，柳亚子作诗赠予同为文学团体"南社"成员的刘雪耘。诗句"高楼黄鹤意难平""河山倘见澄清日"表达出作者对武汉陷入日本侵略者之手的愤怒和解放祖国河山的决心。毛泽东对此诗给予极高评价，赞其"读后使人感发兴起"。

◎郭沫若

颂武汉

天堑通衢我再来，披襟岸帻叹雄哉！

混茫元气连三镇，骀荡东风遍九垓。

火龙驶过龟蛇舞，铁鸟飞临凤鹤回。

且喜东湖春早到，红梅万树一齐开。

【解读】郭沫若与武汉有着不解之缘，20世纪二三十年代曾三次来汉，投身民主革命和抗日斗争的历史洪流。1959年，郭沫若再次来汉，看到武汉长江大桥建成通车，天堑变通途，三镇展新姿，情不自禁地挥毫写下了这首诗，歌颂武汉发生的翻天覆地的变化。

◎臧克家

武汉，我重见到你

十年流光，

我揭过去

一张空白纸，

满地烽烟，

今天，

我重来见你。

不须登上黄鹤楼

去作人事的沧桑感，
不须对着江上的浮云
叹苍狗的变幻。
我重来，
不是为了好风光；
暮春三月的江南天，
"杂花生树，
莺飞草长。"
在故都，
我亲眼看过卢沟桥的烽火，
一个个险关
我亲自渡过，
到铜山，到西安，
流亡中
我看过了多少悲剧的扮演。
终于我穿上了戎装，
参加了抗战，
把微力做一个浪花
去推波助澜。
武汉，
你中华新生的萌芽点，
辛亥革命，
北伐成功，
你的名字
永远是光荣。
这次从前方来，

我怀着一个梦,

你比"一九二七"

一定更健雄,

更伟大,

更兴奋,

更年轻。

然而,再好的梦

也搁不起事实的一击,

我伤心又愤怒,

对着眼前这一堆影子。

密挤的高楼

填满了当年的空地,

柏油漆亮了石子路,

流线型汽车在上面疾驰。

从人们的脸上

我找不出紧张,

熙熙攘攘,

一片太平的景象。

舞场的灯红,

(前线上有战士的血腥!)

夜半的歌声,

(前线上嘶喊着冲锋!)

酒楼茶社里

热烈欢腾,

(多少地方沸着救亡的热情!)

逐着声,

逐着色，

逐着享乐的梦，

糜烂在残蚀着有用的生命！

又有多少人

把你的胸膛

暂作了避难的屏障，

烽火闪到跟前，

他们便撇开你

另去寻世外的桃源。

武汉，

抖一抖身子站起来，

抖去一身的腐臭和颓靡，

"一九二七"的壮烈，

你还该清楚地记得。

高举你的大手，

招起广大的人民大众，

放开你的喉咙，

唤起救亡的热情，

大时代的洪流

已荡近了你，

起来，

给祖国再造一个新生！

【解读】在血与火的抗战岁月里，武汉孕育培养了一代驰骋文坛的诗人和作家。1938年3月，臧克家从河南潢川来到武汉，4月1日，他在武昌写成这首81行诗，洋洋洒洒五百言，大声呼唤民众行动起来，发扬武汉1927年国民政府挥师北伐的壮烈精神，救亡图存，字里行间充分体现了诗人激越的抗日情怀。

◎ 田　汉

歌长江大桥

一

我本中南人，潇湘是桑梓。
十八过洞庭，月夜入扬子。
布帆迎曙色，芳草摇远水。
危矶牙樯密，黄石白云诡。
江回水面阔，船拖烟尾紫。
名都著天下，二水隔三市。
鹤渚一临眺，风物绝壮美。
晴川掩新树，龟山列旧垒。
古寺数罗汉，荒台慕焦尾。
驱车过租界，桥舌惊淫侈。
巡捕好威风，华人等虫豸。
才知辛亥后，积弱尚如此！
渡江遇险浪，如风漂薄纸。
同舟尽变色，不敢必生死。
浮船联两镇，曾见太平史。
安得有长桥，往来天堑里？

此在卅年前，梦想而已矣。

二

二七斗争起，血流长江边。
京汉路全线，员工争人权。
北伐到武汉，人民解倒悬。
租界闹收回，耕者曾分田。
两役我未与，想慕徒拳拳。
使人最难忘，一九三七年。
上海沦敌手，宁市腾苍烟。
武汉作战都，与敌相周旋。
国共重合作，三厅司宣传。
火炬耀穷巷，口号醒惰眠。
游行武昌城，又上渡江船。
银灯射霄汉，战歌沸水天。
两岸父老们，拍手并抚肩。
比起北伐时，盛况更空前！
武汉将退出，风景倍留连。
邀友渡大江，浊浪拍船舷。
重登黄鹤楼，再上蛇山巅。
慷慨别父老，黯然辞山川。
我弱敌尚强，忍泪西南迁。
抗战但不懈，此恨终能填。

三

日寇既能降，美蒋相欺绐。

我党为人民，大举逐傀儡。

歼敌八百万，天下皆震骇！

奴隶数千年，枷锁从此甩。

建立新中国，人民作主宰。

红旗遍武汉，如见新辛亥！

中原富煤铁，建国必所赖。

青山辟炼厂，黄石资掘采。

我欲跨大江，凌波驾虹彩。

水深波澜阔，议论徒慷慨。

所幸兄弟国，技术足模楷。

专家万里来，勘测一而再。

员工逾一万，辛勤累四载。

江汉就轨范，龟蛇联钢带。

下驰铁马骏，上走摩托快。

两旁渡江人，如在云天外。

大江流日夜，不敢肆澎湃。

商货此散集，帆樯比林海。

巨舰一万吨，来往无阻碍。

鹦鹉起楼台，晴川入暮霭。

清风与明月，不用一钱买。

齐谢共产党，丰功盖百代。

四

曾过伏尔加，楼船破波澜。

伟大高尔基，曾此尝辛酸。

我亦有扬子，烟水驰风帆。

西行溯灌口，离堆凿巉岩。

东下上海城，高楼矗江滩。

早年滇越间，道路半摧残。

自从解放后，畅通北与南。

北过满洲里，国门雪花酣。

参加土改时，南近友谊关。

劳军入河口，红河多惊湍。

迎客宿二连，大漠沙漫漫。

忆曾过深圳，泛舟九龙湾。

曾渡鸭绿江，驱车绕层峦。

东西南北行，枢纽江汉间。

所以大桥成，天下皆欢颜。

武汉三镇人，空巷来桥端。

狂歌惊铁鸟，乱舞落花冠。

更有戏曲团，彩衣登台坛。

或唱田玉川，春日游龟山。

孤舟结情侣，相别月如丸。

或唱黄鹤楼，周瑜设盛宴。

如何救使君，子龙破竹竿。

或唱祢正平，击鼓骂曹瞒。

屠刀借黄祖，芳草葬奇男。

或唱马鞍山，伯牙泪痕斑。

不遇钟子期，瑶琴沉古潭。

或唱九女坟，峨眉抗赃官。

宁为天国死，至今留美谈。

好戏说不尽，歌颂无时完。

若非新社会，哪有此壮观？

工人流血汗，专家呕肺肝。

勇士十六人，桥成骨已寒。

君今过江易，莫忘造桥难！

有桥当无桥，锻炼不可闲。

无有好身手，重任咋负担？

不见毛主席，赤身犯狂澜。

不怕浊流急，亦轻江面宽。

借问"继者谁"，含笑登江干。

跟着主席走，国如泰山安！

【解读】田汉，湖南长沙人，中华人民共和国国歌《义勇军进行曲》的歌词作者。这首诗作于1957年12月。作者感慨于武汉长江大桥正式通车，回忆了自己在武汉度过的时光，并着重对比了武汉在中华人民共和国成立后今非昔比欣欣向荣的景象，抒发了对新中国一派蓬勃生机的无限真情。

◎屈　武

新修黄鹤楼纪念

莫道神仙去不回，清平盛世出人才。

人才即是神仙客，今日又乘黄鹤来。

【解读】屈武，陕西渭南人，中华人民共和国成立后曾任民革中央副主席、主席，全国政协副主席。这首诗表达了作者对中华盛世人才辈出的欣喜之情。

◎张平化

祝黄鹤楼重建

黄鹤高飞又返回，新楼矗立更崔嵬。

中华大地皆春色，济济英豪接踵来。

【解读】张平化，湖南炎陵人，中华人民共和国成立后历任武汉市委书记、湖北省委第二书记、中南局书记处书记、中宣部部长、中央党校副校长等职。这首诗表达了作者对重建黄鹤楼的喜悦之情，歌颂了伟大祖国在改革开放春风的沐浴下，满园春色、人才济济，一派欣欣向荣的景象。

◎公　木

咏"黄鹤归来"铜雕

黄鹤百年归，龟蛇翘首盼。

濡翎染雨风，濯足滔江汉。

白云意悠悠，黄鹤情眷眷。

天堑变通途，地维系禹甸。

当惊世界殊，夙愿岂虚幻?

【解读】公木，河北辛集人，《中国人民解放军进行曲》词作者。"黄鹤归来"铜雕，位于黄鹤楼以西50米的正面台阶前裸露的岸石上，由龟、蛇、鹤三种吉祥动物组成。作者登临黄鹤楼，被这座雕塑所吸引，挥毫写下了这首抒情诗。

登古琴台

菡萏香消绿叶残，伯牙琴碎不重弹。

湖山古寺门常掩，风雨荒台鸟自喧。

新曲谱成翻古调，大桥筑就作弓弦。

长江澎湃东流水，钢铁交鸣合唱团。

【解读】这首诗作于1956年9月，描写了作者踏访古琴台的所见所感。

游汉阳归元寺（节选）

影像三袁①集丛林，葵园逸兴抒情真。

千竿风竹划天破，万点雪梅唤地春。

春去春回三百载，花开花谢一时辰。

只缘不惯闻烟火，致使难逃损骨神。

【注释】①三袁，明代后期公安派代表作家袁宗道、袁宏道、袁中道的并称。公安派是明代后期出现的一个文学流派，主张"独抒性灵，不拘格套"，发前人之所未发。其创作成就主要在散文方面，清新活泼，自然率真，但多局限于抒写闲情逸致。

【解读】这首诗作于1983年6月，描写了作者游归元寺的所见所感。

◎李尔重

黄鹤归来

槛外长江天外楼，摘星揽月拂云流。

风光逐岁添春色，佳气蒸蒸焕远猷。

百代兴亡随水逝，于今壮丽指日修。

东风舞鹤花争艳，神女翩翩下九州。

【解读】李尔重，河北丰润人，中华人民共和国成立后，曾任中共武汉市委第二书记、中共河北省委书记兼省长、中共湖北省顾问委员会副主任。这首诗描绘了黄鹤楼外、长江边上的雄伟气势。

◎ 荒　芜

黄鹤楼杂咏

一

春来常忆武昌鱼，四十年前旧人居。
门外陶公①五柳树，屋中季子②半床书。
相看赤壁鏖兵③处，即是新亭痛哭④馀。
莫向朝阳问兴废，吴王宫殿⑤久成墟。

二

曾记龙舟竞赛回，都人士女过江来。
鱼龙潜舞吹腥气，灯火烛天照水街。
瑜亮⑥功名光百世，苏黄⑦诗赋锦千堆。
登高不尽怀人意，唱落江城五月梅。

三

凌虚半日到江南，不羡仙人王子安⑧。
王粲⑨登楼才气壮，陶公归隐酒杯宽。
眼前风景谁能道？身后文章我自删。
欲写小诗夸庾亮⑩，南楼新月不胜寒。

【注释】①陶公，指东晋田园诗派创始人陶渊明，自号"五柳先生"。②季子，即季札（公元前576—前484年），春秋时吴王寿梦第四子。季札不仅品德高尚，而且是具有远见卓识的政治家和外交家，广交当世贤士，对发展华夏文化做出了贡献。③赤壁鏖兵，指三国时期的赤壁之战。④新亭痛哭，表示痛心国难而无可奈何的心情。公元316年，刘曜率军灭了西晋。司马睿在王导的拥护下在建康建立了东晋王朝。一些贵族及大臣每当天气晴朗时到建康城外的新亭饮酒，武城侯周凯发感慨引发大家哭了起来，丞相王导说要收复神州，不能像楚囚那样相对哭泣。⑤吴王宫殿，指春秋时期吴国的王宫。⑥瑜亮，指三国时期的周瑜和诸葛亮。⑦苏黄，宋代文学家苏轼、黄庭坚的并称。⑧仙人王子安，传说常乘黄鹤在黄鹤楼处往返。⑨王粲（177—217年），字仲宣，山阳郡高平县（今山东微山县）人，东汉末年文学家，"建安七子"之一。⑩庾亮（289—340年），字元规，颍川鄢陵（今河南鄢陵县）人，东晋时期名士。

【解读】荒芜，安徽凤台人，中国社科院外国文学研究所研究员。这是作者登临黄鹤楼后写的一组借古抒情诗。

◎周作人

伯　牙

伯牙善鼓琴，但为知己役。

钟期既逝去，琴声遂永绝。

所以人琴亡，良由质已失。

吾辈平凡人，还自有分别。

绝技固未有，知音不可必。

有怀欲倾吐，且拼面壁说。

或如吴门僧，台前列顽石。

即使不点头，聊可破寥寂。

大声叫荒野，私语埋土穴。

古人有行者，方法不一一。

何必登高座，语语期击节。

或有自珍意，随时付纸笔。

后人如不读，亦堪自怡悦。

欲出悉出已，能事斯已毕。

【解读】周作人，浙江绍兴人，鲁迅的弟弟，现代散文家、诗人。这首诗取材于伯牙子期高山流水遇知音的故事，赞颂了知己之间的真挚情谊。

◎何其芳

我好像听见了波涛的呼啸

——献给武汉市和洪水搏斗的战士们

我好像听见了波涛的呼啸，

听见它披着乱发的头

一次又一次在堤上碰碎，

发出不甘心的野兽的怒吼。

我好像听见了狂风暴雨

在头上呼号，但你们的奔跑，

你们抢险时的热情的歌唱，
比雷的鸣声更响亮，更高。

我好像和你们站在江水里，
完全忘记了寒冷和危险，
和你们一起手拉着手，
用身体来保护堤岸的安全。

堤外的洪水想毁灭一切，
堤内是一片翠绿的水稻，
它们满怀信心地生长着，
发出预告丰收的微笑。

堤外的洪水高过屋顶，
堤内的道旁开着月季花，
工厂的烟囱飘着青烟，
超额完成了生产计划。

堤外的洪水一天比一天高，
戏院里"牛郎织女"在上演，
医院里婴儿在诞生，在快乐地
用叫喊来迎接耀眼的光线。

我们每天打开报纸，
和你们一同紧张地呼吸，
然后和你们一同劳动，

一同欢呼每一天的胜利。

什么奇迹我们不能创造？
什么敌人我们不能打败？
洪水啊，你不用梦想涨得
比我们的堤防更高，更快！

如今洪水向我们低下头，
像有些冥顽不灵的人
受了我们的沉重的打击，
才开始用手擦一擦眼睛：

看吧，看我们中国的土地上
已经发生了多么大的变动，
看我们六万万人多么亲密地
患难与共，幸福与同！

【解读】何其芳，重庆万州人，现代著名散文家、诗人、文艺评论家。这首诗作于1954年，歌颂了与长江洪水英勇搏斗的英雄的武汉人民。

"讴歌新时代 礼赞大武汉"诗歌征集活动
特邀诗人作品

古体诗篇

◎ 高　昌

重游黄鹤楼

不复当年鹦鹉洲，大桥横跨大江流。

情牵一脉白云阁，风起八方黄鹤楼。

秋色直须今日好，春光未必古人稠。

江山代代开新境，看我题诗在后头。

【作者简介】高昌，中华诗词学会副会长、《中华诗词》主编。

◎ 钟振振

武　汉

华夏文明史，英雄武汉城。

义推辛亥首，功莫古今争。

　　呼酒登黄鹤，招魂返赤鲸。

　　风雷俯江汉，为赋放歌行。

【作者简介】钟振振，中华诗词学会原副会长、南京师范大学博士生导师。

◎潘　泓

黄鹤楼杂题

　　醉草奇文说大才，题诗何必凤凰台。

　　九霄星月书能落，三峡云霾叱可开。

　　酽酒俱随新景熟，丛篁多是近年栽。

　　江滩十里人如鲫，欲问青莲来不来。

【作者简介】潘泓，《中华诗词》编辑部主任。

◎黄金辉

满江红·大武汉

　　起首盘龙，龟蛇舞、邀来黄鹤。叹崔颢、乡愁抒尽，青莲笔搁。不是谪仙才气短，山河史海真寥廓。传佳话、愧我欲吟哦，浑无策。

　　东湖浪，权蘸墨；水杉树，狼毫握。写车城光谷，桥都品格。九省通衢连广域，八城襟带雄荆鄂。纵激情、挥洒美诗联，风云合！

水调歌头·汉阳

江汉湍流汇，澎湃共朝宗。人神水怪相搏，禹稷有行宫。灵动龟山云雾，情寄晴川碧树，鹦鹉唱梧桐。琴奏知音曲，遗响万年钟。

汉阳造，辛亥战，显奇功。涅槃火凤，今日神采焕新容。天堑金桥飞跨，地府银龙穿插，楼宇映长虹。博览千般秀，吐纳五洲雄。

【作者简介】黄金辉，湖北省中华诗词学会会长。

◎ 巴晓芳

行香子·登黄鹤楼

拍遍栏杆，望断长天。说不尽、骚客神仙，鹤飞云远，铁马蹒跚。取唐人诗、宋人剑、楚人看。

波涛万里，沧桑几变。舞龟蛇，急管繁弦。春潮又涨，好送征帆。盼年还丰、人还寿、梦还圆。

菩萨蛮·武湖泛舟

轻舟一叶飞驰急，凌波仙子衣沾湿。春雨也纤柔，杨花风满头。

云霞湖水映，桥下白鹅影。渔子早归航，锦鳞游满舱。

【作者简介】巴晓芳，湖北省中华诗词学会副会长、秘书长。

◎罗　炽

问津遗事

淮南驾鹤空遗庙，儒道千年演化繁。
碑碣遽留秦隶字，经乘犹记楚狂言。
津迷不遂空回辇，士隐难寻叹逝川。
向使溺沮能指点，牛车或可着先鞭。

问津怀古

癸巳仲秋谒问津书院，得书院志一册，吟成四绝，以寄深怀。

一

先师去后方兴庙，文士兴波几削藩。
不是上皇偏嗜杀，汉宫烹死岂淮南！

二

风俗齐安忆杜翁①，不堪烟雨隐梵宫。

兴儒可是兴唐计？千古文宣饮誉隆。

三

复观正可见天心，书院逢春鼎革新。

从此津梁扬正气，汤汤活水育灵根。

四

原来天理即人心，几度弘扬点化新。

姚江连接郏城水，种得良知满问津。

【注释】①杜翁，即晚唐杜牧，杜牧为黄州刺史时，将孔子庙改名为文宣庙，内置学堂教化士民，是为问津书院前身。

【作者简介】罗炽，湖北省中华诗词学会副会长。

◎ 李辉耀

武汉筹办军运会有感

满城披绿换新装，荆楚通筹军奥忙。

华夏从来非好战，龙人敢为国争光！

黄鹤楼头读诗碑

横空独立古今雄，黄鹤楼头唱大风。

游泳伟词天地阔，坡翁宏赋楚江东。

谪仙五月梅花落，崔颢千秋律句工。

更仰毛公歌一阕，东方红曲响苍穹。

鹧鸪天·题武昌首义公园

帝制消亡逾百年，红楼督府焕新颜。黄兴拜将台如剑，总理铜人像是山。

嗟往事，话明天，共和民主路犹艰。孙猴欲取真经去，应越如来五指间。

【作者简介】李辉耀，湖北省中华诗词学会原副会长。

◎罗庆云

西江月·暮春游江夏小朱湾

昔日泥泞小路，今朝碧玉康庄。霞光翠竹掩青墙，庭院茶香荡漾。

七彩花开次第，八音乐奏宫商。池塘老柳换新妆，何处歌喉嘹亮。

临江仙·应高中同学靖欢喜黄宝华相招

游新洲涨渡湖

六月楚天蝉噪柳，今朝喜得清凉。同窗携手赏湖光。藕花开正好，佳酿透瓶香。

浩渺烟波翻雪浪，笑看鱼跃鸥翔。谁家小妇立斜阳。流云容易散，且待桂重芳。

【作者简介】罗庆云，湖北省中华诗词学会副会长、武汉诗词楹联学会常务副会长、江汉大学教授。

◎姚义勇

大城蝶变

——军运会建设项目工地采风

白鸽衔来春色浓，楚天一夜换新容。
满城花径缘宾扫，到处楼台入画中。
大道长桥漫写意，巍峨场馆欲腾龙。
登楼放眼心沉醉，黄鹤高飞上九重。

沁园春·军运会倒计时200天畅想

军运之城，誉满全球，何等自豪。看黄家湖畔，健儿云集；升官渡外，锦帜如潮。三镇龙腾，两江霞灿，无限风光分外娇。

赛场上，待八方雄杰，尽领风骚。

　　江城难得今朝，赖无数先贤肝胆抛。忆武昌首义，天翻地覆；百年奋斗，虎略龙韬。岁月如歌，大城崛起，改革洪流逐浪高。趁春日，把风帆扬起，逐梦云霄。

　　【作者简介】姚义勇，湖北省中华诗词学会副会长、鹰台诗社社长。

◎覃锡昌

东湖樱花赞

芬芳朵朵洁如霜，丽日融融馥郁香。
得意摇风潮似海，华容斗艳气轩昂。

武汉三镇亮化展感怀

霓虹广厦映江天，三镇光辉绚瑞年。
龟鹤笑吟灯胜水，五龙①七彩凯歌旋。

　　【注释】①五龙，指江上五座桥。

　　【作者简介】覃锡昌，湖北省荆门聂绀弩诗词研究基金会原副理事长。

◎ 姚泉名

水调歌头·游大好河山知音故里

寒雨一朝霁，煦日九真新。山南山北风色，草树已知春。解得鸣莺数阕，醉了流泉几叠，石径野游身。蔡甸河山好，款待五湖宾。

沧江畔，连嶂里，有知音。瑶琴一抚心折，佳处共欣欣。何事绝弦挥泪，莫若调丝弄管，肯信子期存。细看眼前客，都是动心人。

贺新郎·郑城涨渡湖湿地观鸟

水色澄如璧，漾鳞文，东风尚浅，漫吹新荻。莎草中分芳堤路，数骑游离郭邑。指顾处、春泥阪隙。丛树森森如堡砦，恁多情为尔朝夕惕。吾恐惹，避秦客。

兵杉忍把嘤鸣匿？耳无暇、听过雪鹭，错过丘鹬。翅影翩跹飘梦去，未辨枝间白黑。风树定、临池洗翮。鸟乐无穷君识否？算卿卿、难耐人间窄。约到此，度时日。

【作者简介】姚泉名，中华诗词学会常务理事、《心潮评论》主编。

◎张德顺

木兰花·东湖

踏上珞珈望水渚，落雁舟穿荷挡路。行唱阁，听涛亭，话说朱碑莺堤驻。

梨花摇雪君莫急，桃杏相携晨露滴。湖心败将怅难回，梅岭欲邀成回忆。

沁园春·武汉

大桥高飞，朝宗东去，鹤返南楼。看两江汇处，浪翻滔涌；晴川新造，汉口商流。琴瑟名弦，木兰应远，孔子探津千古幽。走金口，问柏泉通海，落雁乡愁。

早年离鲁云游，蛇山下旗飘首义楼。后兴新除弊，科教立市，一街一景，卓越追求。日进时迁，百行领先，三镇新奇传未休。曾记否，到永安饮酒，听笛悠悠。

【作者简介】张德顺，武汉东湖诗社社长。

◎洪　源

访古琴台

晚来乘兴访名台，醉树春风石径开。

明月一弯浮浪出，大江九曲抢城来。

高山流水人堪识，弦断琴抛谁笑呆？

莫恨知音钟子期，中兴自古用良才。

【作者简介】洪源，《心潮诗词》主编。

◎雪湘明

汉阳知音桥

流水高山佳话传，汉阳桥畔韵徊旋。

相知情笃追诗梦，旧曲新歌唱美篇。

【作者简介】雪湘明，湖北省中华诗词学会原秘书长。

◎张少林

江城览胜

山川洗尽楚天清，高阁凝晖晓月明。

昔日尘霾三镇扫，今朝福瑞两江生。

潮头勇立谋新局，捷报频传赴远征。

黄鹤仙姿灵秀显，通衢画轴大功成。

黄鹤楼头行吟

流光溢彩一川晴，黄鹤楼头唱五更。

胜友高朋思汉广，新词旧赋写江城。

引擎发力群贤至，方略依规万象生。

闪烁霓虹堪举酒，弦歌塔影到天明。

【作者简介】张少林，《九州诗词》顾问、武汉市洪山区老年大学常务副校长。

◎丁益喜

盘龙城（二首）

一

依山傍水枕商魂，沐雨涵风梦到春。

沉睡三千八百载，高标武汉市根深。

二

府河北岸卧幽踪，千古遗城气象雄。

一旦龙腾长袖舞，凭谁敢不让时空。

武汉说桥

灵鹊架虹如甩纤，两江三镇链拉链。

云横九派龟蛇舞，鹤骞五洲丝路喧。

大鳄推波觅芳草，小微逐浪托晴川。

谁吹玉笛咏光谷，时代由桥网电牵。

汉口江滩

带笑鲜花彩扎门，含情草木队迎亲。

无边网语长椅泄，不尽娇羞苗圃寻。

柳绿半遮狂蝶吻，桃红生色狷蜂春。

汉阳城内归元寺，五百泥胎也动心。

【作者简介】丁益喜，中南财经政法大学教授。

◎ 张旭丽

登黄鹤楼

云拥晴川逝水流，泠泠宿雨霁沙洲。

红梅落去香留地，黄鹤归来客上楼。

游子多情怀故楚，西风无意唱新秋。

凭栏多少沧桑慨，不尽江天眼底收。

【作者简介】张旭丽，湖北省荆门聂绀弩诗词研究基金会秘书长。

◎ 黄小遐

桂子山之秋

香风九月满江城，桂子山前拾落英。

最是此中风景异，绿荫深处读书声。

江城子·再游武汉国际园博园

人间四月又相逢。问春踪，正匆匆。踏遍繁华，尽在汉江东。水绕山环亭榭外，芳草碧，杜鹃红。

江南塞北一眸中。越王宫，射雕弓。雁塔巍巍，何处觅英雄？再读希文忧乐记，天下事，与谁同？

【作者简介】黄小遐，武汉诗词楹联学会副会长。

◎ 张远益

黄鹤楼月歌

既许今夜黄鹤楼，明月不照别家秋。

黄鹤楼上沐明月，顿觉仙气一把收。

不是崇阁琉璃色，却似月华上下织。

织到檐牙欲飞时，天自悠悠楼自默。

天下只有九派横，座座飞虹欲天擎。

金星银星随意缀，江波孰与月波明。

那年五月梅花落，黄鹤楼中笛声作。

今夜恰逢月儿圆，谪仙何处吟玉魄？

应是天涯共此时，杨泗港边离肠谁？

高高索塔明月夜，筑桥人正寄相思。

这时月光泻如银，惠泽对岸汉阳滨。

江滩乱撒夜翡翠，广厦自比绣麒麟。

白云阁边宜远望，户部巷里须放旷。

常问黄鹤几时归，每与明月醉一盏。

指顾游轮泛江涛，江涛与月共翔翱。

举手欲捉月皎皎，桂影越高心越高。

名楼根脉无穷已，年年岁岁伴月姊。

千古名楼筑江山，江山筑进人心里。

木兰花慢·武汉长江新城畅想

莽原争旖旎，汉口北，大江滨。共黄鹤楼诗，晴川阁韵，拂遍南薰。江涛畅吟锦绣，便从兹波色映缤纷。一岸流光缀玉，满江浪朵敷银。

肜云万叠染芳晨，疑是梦中春。待桂子香时，东畴熟后，梦亦成真。蓁蓁日新月异，正一番伟业换乾坤。凭教从今阔浪，更加壮丽雄浑。

【作者简介】张远益，湖北省中华诗词学会常务理事、《湖北诗词》常务副主编。

◎张世才

歌家乡

黄鹤之乡首义都，华中重镇古今殊。

晴川有意呈香墨，故事无形伴雅儒。

碧浸星辰常闪烁，秀留文史总珍腴。

街头市训高高挂，敢为人先卓越呼。

行香子·汉口江滩

江汉关雄，纪念碑骄。名楼列、领引风骚。昔时租界，今日芳标。贯百年史，千年梦，万年尧。

荒滩改造，丛生俊俏。好休闲、梦境魂销。文星墨客，蘸浪飞毫。看人潮涌，心潮动，弄潮高。

【作者简介】张世才，《九州诗词》副主编、《湖北诗词》编辑部主任、武汉老年大学诗词研究会会长。

◎ 纪剑宪

满江红·家居鹦鹉洲头

黄鹤来时，洲头住，滔滔聆曲。谈笑里、高山流水，禹王同逐。芳草已非风入座，烟楼休问云横玉。邀锦波、万里为君来，江滩绿。

汉阳树，秋和菊。晴川阁，春和竹。数古今铁笔，是非荣辱。崔颢橹声虽已远，鹦哥晨梦犹来足。问龟蛇、岁岁可一椿，倾城属。

【作者简介】纪剑宪，武汉科技大学教授。

◎ 黄春元

临江仙·迎军运会

鸿雁腾飞远海，霜枫兀立长江。华灯初放满庭芳。鸽衔青橄榄，城着绿军装。

聊借金戈铁马，共书体育文章。点兵时节正花黄。沙场传捷报，把酒醉重阳。

【作者简介】黄春元，《武汉诗词》编辑部主任。

◎ 吴世干

武汉军运

华山论剑到江城，更快更高龙虎腾。

愿作热情东道主，欢迎善意外邦兵。

看台呐喊云天震，赛场拼争鼓角鸣。

练武三年常洒汗，称雄一夜便成星。

烽烟若灭四方亮，友谊长存万里晴。

握手言欢同举酒，军人荣耀筑和平。

【作者简介】吴世干，《武汉诗词》编辑部副主任。

◎ 高　寒

礼赞大武汉

七秩脊梁撑盛世，江城后发敢为先。

人文合与民生系，科技从教国祚延。

古往今迎涛迭迭，远来近悦鹤翩翩。

欣闻汉上旌旗展，恰是三军论剑天。

【作者简介】高寒，《武汉诗词》编辑部副主任。

◎ 韩倚云

戊戌秋雨中拜谒琴台

知己今何处，江天接远岑。

琴声听雨落，旅抱感风吟。

为报三生石，来酬一寸心。

伯牙挥手后，遗响到而今。

【作者简介】韩倚云，北京航空航天大学教授。

◎ 王惠玲

晴川阁

一览江天白，朦胧万象空。

云桥浮楚泽，雾阁听秋风。

眸送谁骑鹤？川飞我逐龙。

扁舟何处去？长啸浪涛中。

【作者简介】王惠玲，武汉女子诗社副社长。

◎ 刘勋甲

水调歌头·今日武汉

江汉汇三镇，鄂省定其都。全球通贯，海陆空运各方筹。光谷高科研发，汉口国商交易，新曲改革讴。经济宏图展，中部领风流。

曾记否？黄鹤去，使人愁。境迁时过，逝者崔颢若重游：鹦鹉桥飞惊叹，四岸江滩锦绣，云朵绕高楼。日暮彩光处，心体悦归休。

【作者简介】刘勋甲，现居加拿大萨斯喀彻温省萨斯卡通市。

◎ 朱换玉

少年汉口北

武湖烟涨半遮伊，府水奔来仰玉仪。
千巷高楼曦缕满，万家商铺货源齐。
几年聚散登头榜，百里风华枕北堤。
身在其中难置信，东风炳慧引凰栖。

【作者简介】朱换玉，黄陂区诗词学会原会长。

现代诗篇

◎ 车延高

光 谷

一

算不算流失
当年，那么多精英去了硅谷
说实话
现在心里才算有底
很多声音在说
美国有硅谷，中国有光谷

二

如果世上真有神
这里的一切是不是神在起作用

楼长那么高，腰在半空里

一年拉出的光纤

可以把地球捆一千七百万圈

一根头发丝粗的光纤

可以让二十四亿人同线对话

一平方毫米面积的钢板上

打出二十个直径八十微米的孔

中国每出产五部手机，就有一部

诞生在这里

这里很牛，切割手是隐形的

光走过，不留任何切屑

乔布斯没来过这里

研究乔布斯的人说：乔布斯不是神

下一个黄皮肤的乔布斯

可能产生在这里

三

我琢磨了很久

汉阳造，是一杆老枪

武汉造，是一个产业群

青桐会，是潜力股

光谷，是硅谷的对手

四

不管是光纤陀螺的本事

还是人的本事

能让光束按预先设计的轨道走

辐射就算懂事了

知道躲开人的保护部位

这挺好的

多了一个不拿薪水的保镖

五

尽管光谷不是稻谷

资本这只鸟儿会成群地来

时间在验证

马云盯着这里

世界五百强也在抢滩这里

汽车城（外二首）

审查国籍

武汉和底特律没有关系

看了这里的轿车生产线

再看把作品发表在天空下停车场

会冒出一个念头

这里是武汉的底特律

厂　房

走下生产线的轿车，一上路
就忘了这片厂房
就像出生后的婴儿
日后一定认定母亲
却记不住产房

停车场

把成人式改一个字
这里是成型式的集合地
是行前的整装待发
如果用诗人的眼睛看
这是新写成的一行行诗句
等着总编签发

【作者简介】车延高，中共武汉市委原常委、纪委书记，2010年获鲁迅文学奖。

◎李　强

等等我呀，武汉

怯生生的
牵着母亲的衣角
上跳板
坐轮渡
从汉阳门
到王家巷
天低吴楚
汉口巍峨
哦，武汉
我有点怕你
那么宽的路
那么多的车
过街好比过关
我有点喜欢你
两分钱的冰棍
三分钱的雪糕
都是我喜欢的

15路车从关山口到汉阳门
16路车从汉阳门到任家路
弟弟去见姐姐
姐姐来看弟弟

这大约走了个之字形吧

灰房子

红房子

梧桐树

惊起的鸽子

稻穗还有藕花

青春寄托在青春的记忆里

14路车从博物馆到汉阳门

哦，离不开的汉阳门

先是一个人

再是两个人

然后是三个人

哦，武汉

如果说

我不爱你

不如说

我不爱我自己

武昌17年

汉口15年

汉阳4年

等等我呀，武汉

美好的画卷

次第展开

我曾在画中迷路

曾经流连忘返

曾经挥汗如雨

穿针引线

绣花

绣高楼

绣CBD

绣宜业宜居

绣每天不一样

绣武汉2049

不知老之将至

匆匆走近耳顺之年

等等我呀，武汉

3500年了

黄鹤老了

白鳍豚也老了

你总也不老

伯牙老了

李太白也老了

你总也不老

你抖擞精神

你坚定自信

大步流星

等等我呀，武汉

我要跟上你

跟紧你

借你的光芒

照亮自己的下半生

【作者简介】李强，江汉大学党委书记、武汉诗词楹联学会会长。

"讴歌新时代 礼赞大武汉"诗歌征集活动
获奖作品

古体诗篇

◎ 张颖娟

东湖行吟歌

西湖更胜东湖好？朱总当年料成真。
莫道西湖仙气盛，东湖如今更可人。
千里风烟标迥秀，四时堪比画堂春。
画堂一步乱人眼，画堂三步乱人神。
神乱未知何处去，但逐蜂蝶扑香尘。
蜂蝶诱我磨山上，瑶木参差作画障。
芳荫曳曳生馨风，莺语泠泠邀人赏。
醉抱芳菲漫徘徊，怜取风流娇模样。
风流岂独花草间，但听啧啧人语响。
人声深处耸翠楼，巍巍屹立忆春秋。
雕檐飞出云天外，玄气消凝庄王愁。
犹闻战鼓惊楚甸，千年王气一楼收。
登楼鸟瞰东湖水，烟波漾漾清悠悠。
谁镶宝镜照靓影？谁遗明珠释风流？

镜里物华比壶天，入壶无需买路钱。

绿道纵横皆通达，东西南北互相连。

片帆御风摇日色，夹岸繁花竞鲜妍。

接踵游人惜碧幕，倚花傍柳不忍前。

手机单反齐上阵，裁取菁华妆流年。

足下有景怜不得，蜂蝶呼我赏楚莲。

田田莲叶清风里，抱香拥翠纷旖旎。

向日捧出芙蓉杯，新红嫩蕊谁可拟？

捻香蜻蜓款款旋，别样六月因荷起。

嘚嘚走马向碧潭，湖堤嘉木通天蓝。

潭水清幽接曲浦，潭水随波走涵涵。

锦鳞逐人相竞食，游人戏鳞笑憨憨。

我非鱼亦知其乐，庸庸碌碌无忧惭。

忧心赢得频频顾，湖岸啼鸟请移步。

循声换景入丛林，古柏森森笼碧雾。

雾中似闻窈窈吟，恍若当年离骚赋。

屈子凝神佑楚天，楚天云水长愍护。

忍听贞鸟语关关，揖首肃肃别圣颜。

迟迟举步行吟阁，泽畔风兴波潺潺。

愧无丘壑堪吟咏，匆匆借道听涛间。

涛声响彻湖天外，伟人垂眷去复还。

更倩东风开大道，习莫会晤震宇寰。

寰宇皆慕东湖热，殷殷暗种东湖结。

春来踏青看樱花，冬里寻梅复赏雪。

更值秋高菊换装，丹枫杂桂几奇绝。

情人但爱逐湖春，黄发垂髫情更切。

缱绻湖光不忍归，聊共烟树染斜晖。

暮蝉鸣唤华灯放，霓虹抱月两依依。

逞兴谢作人间客，一湖清水足忘机。

【作者简介】张颖娟，笔名秋禾，湖北武汉人，平面设计师、摄影师，酷爱文字。现为诗刊子曰诗社会员，2016年度诗词世界新锐女诗人。诗词、散文、小说作品散见于各大报纸杂志及网络平台，并多次在全国各大赛事中获奖。

◎方世焜

沁园春·大武汉

楚地盘龙，二水三镇，百湖群山。看鹤楼千载，琴台芳草；江滩十里，禹庙晴川。九省通衢，八桥越堑，璀璨明珠嵌宇寰。多人杰，踔厉英雄气，地覆天翻。

当年洋务滇滇。废帝制、一枪开纪元。建新型城市，智能产业；金融总部，试验区园。高挂云帆，先行先试，魅力江城入榜单。大武汉，正中兴崛起，轩轾冲天。

【作者简介】方世焜，男，喜好诗词格律的研究，曾参与由中华书局出版的《中华诗韵大辞典》的编撰、湖北省诗词学会系列丛书和《湖北诗词》杂志的选编及审校工作。

◎王崇庆

江城梅花引·东湖樱花开了

满园烂漫闹湖滨，是绯云？是脂痕？几朵猩红，又似女郎唇。醉了蜂儿癫了蝶，啼鸟矣，一声声、正唱春。

唱春，唱春，太销魂？草如茵，柳未匀。咏也咏也，咏不尽、风雨黄昏。花落花飞，馥郁醉游人。却怨斜阳催我去，回望眼，淡青山、浅绿裙。

【作者简介】王崇庆，湖北监利人，毕业于武汉大学，中华诗词学会会员，《湖北诗词》原常务副主编、编辑部主任。现为荆州市文联委员、荆州市诗联学会副会长兼《荆州诗联》主编，多次在全国诗词大赛中获奖。

◎石本钧

赞武汉第七届世界军运会

白云缈缈总传情，黄鹤悠悠喜发声。
二水浪飞千只鸽，一城秋点五洲兵。

【作者简介】石本钧，湖北大冶实验中学高级教师，中华对联文化研究院研究员，各级诗联学会会员，华夏重儒诗学社常务副社长。著有《诗联话名著》，多次获奖并有作品入集出版。

◎乔本琳

鹧鸪天·登黄鹤楼

笛弄清音绕画廊，重檐叠翠白云乡。登楼俯瞰晴川阁，伸手轻嬉扬子江。

连楚汉，接潇湘，桥飞天堑闪虹光。青莲崔颢留佳韵，黄鹤归来国运昌。

【作者简介】乔本琳，女，1956年生，湖北省荆州市人。中华诗词学会会员、湖北省中华诗词学会副秘书长、湖北省荆州市诗联学会副会长。部分作品获全国、全省诗词大赛奖，著有诗词集《乔壶试弦》。

◎邢协宇

车过长江第一隧

满目霓虹耀，风光隧道中。
瞻前连赤蚁，顾后跃金龙。
不惧雾霾锁，何愁冰雪封。
沿途多顺畅，一瞬过江东。

【作者简介】邢协宇，男，1940年生，退休前系湖北省黄梅县第二高级中学语文教师，中华诗词学会及省、市、县诗词学会会员，县学会理事，长期担任镇文昌阁诗联社主编。

◎朱景恢

新时代大武汉

黄鹤凌云白鹤痴，长江画卷汉江诗。

东湖美媲西湖日，光谷赶超硅谷时。

【作者简介】朱景恢，原湖北省通山县九宫山镇船埠中学校长，现为中国楹联学会会员、湖北省诗词楹联学会会员。

◎陈克志

喝火令·水云居

草径奔狐兔，荒村噪楚乌。至今成了美街区。君问我家何处，湖畔水云居！

联句朝搔脑，吟诗夕捻须。闲来窗外看通衢。驶过江铃，驶过格罗夫，驶过奔驰和路虎，一队绿前途[①]！

【注释】①前途，汽车品牌名。

【作者简介】陈克志，1957年出生，武汉市江夏一中语文教师，中华诗词学会会员，绝句《国库》获第三届百诗百联大赛三等奖，《习近平主持G20杭州峰会》被《诗词中国》编入《2017，那些看一眼就忘不掉的诗》一书。

◎罗金华

登黄鹤楼

长江濯足上云楼，快意由来豁远眸。

气贯虹桥高速站，胸怀地铁白沙洲。

三方胜景轻招手，万里波涛暗点头。

面壁挥毫非寄鹤，小诗题梦不题愁。

【作者简介】罗金华，中华诗词学会会员，湖北省中华诗词学会理事，荆门市诗词学会副会长，中华辞赋社会员，已发表作品800多首（篇），诗词联赋曾在各级大赛中获奖百余次，被湖北省中华诗词学会授予"荆楚诗坛中坚"荣誉称号。

◎周咬清

黄鹤楼感赋

山川形胜本天然，九省通衢有名山。

层楼巍巍蛇山上，长虹卧波龟蛇连。

风水宝地集名胜，携手琴台和晴川。

钟灵毓秀招俊杰，物华天宝萃楚天。

江流汤汤穿城过，不舍昼夜向海边。

逝者如斯引遐想，史海钩沉两千年。

赤壁战后三分鼎，西蜀北魏吴东南。

黄鹄矶上建哨所，吴侯踞此瞰中原。

楼名或因地名得，神话故事添斑斓。

子安驾鹤经此地，费翁跨鹤列仙班。

鹤去不返千余载，沧海横流世路艰。

世路艰时黄鹤隐，名楼倾圮荆榛间。

屡建屡毁毁又建，兴废适与国运联。

绣像壁画兼诗文，楼史传说和故事。

孙权筑城起高楼，周瑜设宴聚名士。

书圣曾此养鹅群，笔走龙蛇留"鹅"字。

南朝渐成宴游所，文人雅士接踵至。

张正见赋《临高台》，登楼赋诗属首次。

崔颢题诗在上头，唐人七律拔头筹。

骚人墨客争题咏，黄钟大吕竞风流。

诗仙初至曾搁笔，三登十赋有零头。

烟花三月送故人，浩然辞楼下扬州。

元稹贾岛登临处，乐天伤感管弦秋。

东坡长句记传说，山谷四首诗存留。

岳飞期盼清河洛，凯旋再续汉阳游。

宦海沉浮身后事，赍志放翁暂忘忧。

董朴楼上明究里，湖湘胜概可全收。

杨基凭栏赏雪景，太岳汉江望名楼。

姚鼐抒怀赋七古，公度对景总生愁。

此后诗文毋赘述，略陈名联在有清。

李渔钱楷翁方纲，楹联大家显才情。

曾文正公题联语，愿借玉笛吹承平。

左宗棠，李鸿章，推窗寄慨彭玉麟。

剑胆琴心张之洞，寄语同俦苦叮咛。

二十世纪前半叶，天步楼运多艰危。

感时诗赋酹江水，名家骈肩聚于斯。

综观整个现当代，豪放当推毛润之。

《水调歌头》《菩萨蛮》，"龟蛇"再入伟人词。

齐白石，刘海粟，《山水》《梅花》出大师。

壁画《长江万里图》，气势磅礴动情思。

启功沈鹏李苦禅，尺幅千里任驱驰。

诗文楹联萃墨宝，碑刻雕塑画彩瓷。

贝阙珠宫藏拱璧，妆点瑰丽添风姿。

千年积淀彰名楼，天下第一名在兹。

吾辈于今复登临，弥望景致满地诗。

花草树木春气象，亭台廊坊古风光。

古雅清俊楼不老，青春焕发国运昌。

国运昌时鹤归来，物换星移感沧桑。

云蒸霞蔚丽日下，绿树红花笑春晴。

葫芦宝顶飘白云，金碧辉煌映青冥。

飞檐层层攒尖顶，琉璃瓦上气氤氲。

翘角凌空群鹤舞，欲倩伯牙弄瑶琴。

擎天圆柱三人拱，顶天立地气轩昂。

北斗平临入云汉，南维高拱见潇湘。

气吞云梦九百里，帘卷乾坤近穹苍。

尺吴寸楚收眼底，海阔天空任舒张。

三镇街市铺锦绣，两岸湖山啭莺簧。

美轮美奂耸大厦，旺气更比大厦高。

万里长江飘白练，白练连缀玉虹桥。

远山近水诗中画，游人画中乐陶陶。

华灯初上霓虹现，玲珑剔透何晶莹！

流光溢彩幻动画，万家灯火不夜城。

岳帅重来仍悬胆，崔颢再至须破颜。

视频通话犹对面，千里无需半日还。

祢衡讶异称奇迹，遍寻不识鹦鹉洲。

九九归鹤长栖止，白云无复空悠悠。

杂交水稻世称雄，中国制造见精工。

嫦娥奔月非神话，"墨子""神舟"访"天宫"。

深空探测凭天眼，海沟摸底有"蛟龙"。

风云变幻志不移，富国强军进行时。

百业兴旺盛世景，长征路上竖丰碑。

万众一心奔前路，莫耽笙歌醉花阴。

六朝金粉殷鉴在，居安思危警钟鸣。

蛇蝎断腕堵蚁穴，反腐戒奢得民心。

高歌猛进齐奋发，中国之梦会成真。

蒸蒸日上江山固，亿万斯年楼不倾！

【作者简介】周咬清，1951年2月生，湖北省嘉鱼一中高级教师退休，湖北省首届优秀中学语文教师，湖北省中华诗词学会会员。有诗词作品被收入《一声酬唱清如水》《赓歌续唱水龙吟》《必由之路》等诗词集，另有诗词对联获第三届"鹰台杯"诗词大赛优秀奖。

◎周永凤

临江仙·武汉东湖观水上马拉松

两岸遥观奇景，一湖竞渡群雄。摩拳腾跃趁东风。百帆齐引道，万箭满张弓。

翠柳点头挥手，彩球舞浪临风。雪山飞瀑挂苍穹。龙跟鲸角逐，谁与我争锋？

【作者简介】周永凤，女，音乐教师。课堂以音乐为媒，伴童心起舞；课外读唐诗、品宋词、吟诗歌、习对联。所创诗联作品曾在全国大赛中获奖。

◎周　知

眼儿媚·汉口江滩

融融暖日照温柔，信步外滩游。一江碧水，两山春色，三镇高楼。

诗情画意心中起，何处更凝眸？古琴台上，晴川阁里，鹦鹉洲头。

【作者简介】周知，男，70后，湖北武汉人，湖北诗词学会会员，九州诗词学会会员，在《星星诗词》《红叶》《九州诗词》《诗词月刊》《诗词百家》《东湖风景独好》《诗画黄陂》《长坂坡诗词》等发表古诗词多篇。

◎ 唐叔豪

水调歌头·2019长江灯光秀

　　光影绣春夜，万户尽无眠。满城迷彩奇幻，三镇地标全。展示知音文化，再现江城历史。穿越五千年。科技展新貌，陆厦水波潺。

　　龟蛇亮，黄鹤舞，画舫翩。喜迎军运，街巷何处不欢阗。千里祥云笼罩，一派霞辉阆苑，玉管楚音璇。四海精英聚，夺冠凯歌还。

【作者简介】唐叔豪，男，74岁，中共党员，武汉市黄陂区建设局退休干部，武汉鹰台诗社会员，黄陂区诗词楹联学会会员，华夏诗词论坛湖北版版主。

◎ 杨　丹

西江月·汛期瞻仰横渡长江博物馆

　　逝者已如流水，荻滩新有翔鱼。如今华夏踏通途，更忆当年壮举。

　　前辈永传风骨，后人共绘蓝图。任他浪遏不言输，我自从容横渡。

【作者简介】杨丹，男，生于1978年，小学教师，湖北省和武汉市诗词学会会员，黄陂诗词楹联学会副会长，曾任武汉诗词论坛版主。作品散见于《蓝烛光》《武汉诗词》《黄陂诗联》等刊物。

◎ 韩巧云

水调歌头·江滩见闻

江岸境如画。老少兴其夸。长滩游冶，碧波幽影似鱼虾。漫步微风清夏，赏月凭栏长夜，霓彩照繁华。回首泥堤坝，雨霁路坑洼。

辨码头，寻起卸，浪淘沙。入云高厦，青枝垂柳水明霞。江上桥横斗挂，墙外车穿灯下，飞鸟唱枝丫。同摄风光雅，喜鹊落谁家？

【作者简介】韩巧云，女，1956年生，网名音月、小河清清、文竹12。当过乡村教师、营业员，现为湖北省中华诗词学会会员、鹰台诗社会员，曾参加江汉大学黄鹤楼诗词吟诵获优秀奖。

◎ 聂顺芝

沁园春·光谷之春

珞珈樱花，喻园玉兰，共沐春光。看科研院所，星云密布；作坊商铺，灯火辉煌。兰桂丛生，雄鹰展翅，各领风骚琴韵扬。行吟处，碧水流诗画，回味绵长。

仰凭沃土一方。聚灵气，龙潜而虎藏。有专家院士，创新带路；青年学者，求索翱翔。五大龙头①，光纤之父，两翼②腾飞共筑忙。引鸾凤，恰梧桐百丈，谱写华章。

【注释】①五大龙头：指光电子信息、高端装备制造、节能环保、生物医药与现代服务业五大支柱产业板块。②两翼：指光谷开发区全力构建"芯屏端网"万亿产业集群，同时全面拥抱网络与数字经济。

【作者简介】聂顺芝，女，笔名聂瑛，中文本科毕业，心理学研究生。高级心理咨询师，心理老师，现为湖北省中华诗词学会诗影艺术部关山诗影艺术社副社长，诗词作品散见于《中华诗词》《湖北诗词》等诗刊。

◎ 曾凡汉

沁园春·大武汉

百里方圆，九省通衢，三镇两江。看楼飞黄鹤，洲迎鹦鹉；桥连湘豫，路带荆襄。磨岭崇山，晴川高阁。更喜琴台奏楚腔。东湖美，听涛声鸟语，醉了游郎。

而今再创辉煌，把城市标签擦亮堂。有精良工贸，资融海内；尖端科技，远涉重洋。轨道交通，天河流韵。军运声威大纛扬。经年后，到江滩小坐，好不风光！

【作者简介】曾凡汉，男，1946年生，湖北武汉人，大学文化程度，中学高级教师。现为中华诗词学会会员，湖北省诗词学会理事，武汉市诗词学会常务理事，江夏区诗联学会副会长，《江夏诗联》副主编。

◎周利芳

临江仙·行吟阁

笼翠荷风盈袖，观澜潮岸回音。龙行高阁奉丹心，壁檐灯影聚，云顶月光侵。

蒭耳离骚犹在，听弦哀郢难禁。湖滨霜晚掩碑林。潸然长一叹，落寞不孤吟。

【作者简介】周利芳，网名听雪，70后，武汉人，中华诗词学会会员，湖北省诗词学会会员，武汉诗词微刊主编。

◎孙汉清

沁园春·李白重游黄鹤楼

荆楚名楼，荟萃人文，享誉九州。望翩翩鹤去，晴川阁畔；悠悠云绕，鹦鹉洲头。江上烟波，渚中芳草，崔颢神思妙笔收。诗仙至，再无奇可咏，有憾还休。

今朝古迹新修，喜李白归来重漫游。看飞檐翘角，巍峨壮丽；雕栏画壁，华美风流。耆宿书联，时贤题字，明月琼浆催雅讴。瑶篇竟，忆当年夙愿，此日终酬。

【作者简介】孙汉清，湖北安陆人，中华诗词学会会员，湖北省中华诗词学会会员，孝感市诗词学会理事，安陆市诗词学会副会长。

◎齐祎宁

三登乐·武汉光通信（光模块）行业调研感作

　　2018年年底，美国政府对中国光通信（光模块芯片）行业进行封锁，加拿大政府非法逮捕华为副董事长孟晚舟并计划引渡给美国政府处置。正值我司组织武汉高科技产业光通信（光模块）行业调研之际，调研完武汉烽火通信、光迅科技、华为武汉研发基地等光通信龙头公司后，对我国光模块光芯片事业信心倍增，愤慨和感叹之余，作词一首。

　　尽腊穷冬，探信迅争息休。看今时大国博弈。封硬核无芯，禁闭关重路隔。

　　滤云分载，东隅未摘。创模新器密，实测研投，数通量子硅光质①。激流乘，棹千里。晚舟寻胜迹！吴兴楚桂②，梦成谁匹敌？

　　【注释】①数通量子硅光质，指光模块中的数字通信、量子通信和硅光质地的模块通信方式。②"吴兴"，指的是江苏省的企业，如亨通光电、中际旭创等著名光通信、光模块技术公司。"楚桂"，指的是湖北武汉的光通信企业，如华为武汉研发基地、光迅科技、烽火通信等光模块、光通信领域的知名高科技公司。

　　【作者简介】齐祎宁，中华诗词学会会员，中国楹联学会会员，中国青年艺术家协会会员，湖北省书法家协会会员，2018年获全国古典诗词楹联大赛一等奖。

◎ 周啟安

鹧鸪天·青山红钢城

昔日沙堆成货批，沿河杂草满滩泥。街头身影烟灰裹，棚户人家伴雨栖。

除旧貌，换新姿，长江生态竞天时。青和居里增云气，十里花堤笑语痴。

【作者简介】周啟安，祖籍湖南汨罗，中华诗词学会会员，湖北省鹰台诗社常务理事，《鹰台诗词》编委，武汉市青山作协会员，曾任湖北省中华诗词学会第五届常务理事、驻会副秘书长。

◎ 程志辉

永遇乐·百年武汉

汉水长江，双龙神汇，三镇联袂。重振中华，武昌首义，推倒千年帝。昔人黄鹤，晴川芳草，诗咏山河壮丽。看今日、春潮武汉，乘风万里航启。

桥横天堑，云穿银燕，朝暮往来洲际。阔道危楼，过江地铁，广济民生计。尖端科技，领军光谷，高校毓兰培桂。复兴梦、时不我待，风云际会。

【作者简介】程志辉，湖北省通山县闯王镇农民，通山县作协会员，通山县诗联协会会员，原野诗社理事，李自成文化研究会会员。

◎ 曾令山

踏莎行·大武汉扫码自行车

冬顶寒风，夏熬酷暑，凭君扫码君为主。整天忙碌道边闲，平生不与三轮①伍。

靓妹骑身，帅哥赶路，从来不叫风尘苦。一年四季约东风，沿途疏散千千堵。

【注释】①三轮，即三轮车。三轮车既占道，又不安全。

【作者简介】曾令山，男，湖北监利人。中学高级教师，2017年退休。中华诗词学会、中国楹联学会、湖北省中华诗词学会会员，诗联作品曾在全国大赛中获奖。

◎ 汪　滢

水调歌头·大美武汉

三镇据形胜，万古听江流。楚云飞在天际，黄鹤舞春秋。登上蛇山俯瞰，留下诗情题写，往事不回头。大展自由翅，我亦是沙鸥。

访东湖，游古寺，驾轻舟。江滩芦雪，时起时落任沉浮。一曲铿锵汉剧，几许雄浑气象，千载水如绸。盛世兴光谷，科技越层楼。

【作者简介】汪滢，女，1986年3月生，安徽宣城人，毕业于华东师范大学中文系，现供职于宣城市郎溪县联运公司，职业文案策划。

◎李小英

武汉光谷步行街有感

行来何处最销魂，光谷街心月色浑。

刚被莱茵收入镜，回头已过凯旋门。

【作者简介】李小英，女，笔名李菲，湖北荆门人，中华诗词学会会员，湖北省中华诗词学会会员，荆门市诗词学会副秘书长、女子分会会长，狼社成员。

◎王广华

木兰花慢·武汉礼赞

唱大江东去，意潇洒，志飞扬。看黄鹤楼边，白云阁外，无限风光。磅礴江城崛起，共湖山、日夜竞辉煌。丝路相通四海，云衢直达三江。

盈盈人在水中央，一曲笛声长。料鹦鹉知音，樱花解意，英杰回望。已证初心无改，感深情、今昔对千舸。日月已圆好梦，春秋更赋华章。

【作者简介】王广华，男，59岁，江苏省泰州市区机关干部。中华诗词论坛原任首席版主，诗词联赋作品曾获得国家文化部、中国文联等机构颁发的奖项。

◎ 陶早旭

黄鹤楼颂

名楼巍峙大江边，阅尽沧桑年复年。

纵目遥观巴峡月，低头俯瞰洞庭天。

衢通九省营商贾，业旺千行集隽贤。

支点建成三鼎盛，白云黄鹤舞蹁跹。

【作者简介】陶早旭，男，73岁，湖北省通山县九宫山镇卫生院退休老中医，中华诗词学会会员，湖北诗词楹联学会会员。

◎ 孙志刚

武汉军运会

军中盛事放声歌，欲竞真功万国多。

四海精英圆绮梦，八方兄弟享人和。

须眉泰若呼风雨，巾帼怡然跃玉珂。

万里神州多自信，一枝橄榄胜干戈。

【作者简介】孙志刚，1967年生于江苏省扬州市。从小喜欢文学，酷爱古典诗词。早年曾有诗作发表，后因生计而辍笔。1995年始居于武汉，2012年起重新拾笔至今。

◎ 傅　渝

过武汉感怀

一桥遥看踏波行，人物千秋落笛声。

黄鹤去来楼不老，白云凭寄句犹生。

辉辉以技从光谷，济济其才向楚荆。

振臂高呼天下应，风潮百万聚江城。

【作者简介】傅渝，刊物签约作家、诗社社员、楹联家协会会员。多次在比赛中获奖，已发表诗词楹联等上百首。

◎ 黄成平

沁园春·武汉

白云悠悠，黄鹤西飞，紫气东来。那梅花绽放，芳香扑鼻；水杉茁壮，清净除霾。滚滚波涛，千帆竞渡，热火朝天笑口开。霓虹耀，看五颜十色，巧妙安排。

江城大敞胸怀，更纳士招贤聚干才。看桥都光谷，猛冲世顶；车城高铁，勇夺金牌。敢为人先，追求卓越，三化兴城永不衰。龟蛇舞，赴东湖赏月，韵奏琴台。

【作者简介】黄成平，1945年5月生，湖北武汉人。江汉大学法学院退休党支部书记，武汉老科技教育工作者协会会长，中华诗词学会会员，《武汉诗词》《江大诗斋》编辑，出版诗词集4部。

◎王寿山

沁园春·东湖石刻

　　翁郁森林，绿道东湖，刻石南山。有嫣红姹紫，琼枝玉树；亭楼对应，路径回旋。历代诗词，当今翰墨，遒劲雄奇辉石园。华灯上，更流光溢彩，噪雀飞鹂。

　　园林似出天然，引游客、熙熙融百川。看情人携手，媪翁搀臂；稚童玩蚁，青壮挥鞭。歌者清喉，画师泼墨，意兴浓浓随自欢。晴方好，赏春秋异景，朝夕奇观。

【作者简介】王寿山，男，湖南省娄底市人。中学高级教师、特级教师，全国劳模。退休后居武汉市洪山区。诗词作品散见于《人民文学》《人民邮电报》《紫藤诗韵》《涟漪诗词》等报刊，教学专著《中学主体性作文教学研究》由人民教育出版社出版，被国家教育部定为全国中小学教师继续教育用书。

现代诗篇

◎ 冯冬顺

江城印象六曲

江

江水上涨了
破晓的天空还很爽朗
几只水鸟轻盈地掠去，把足痕忘在
软糯的滩涂上

七月，有孩子在长江边踩水
但她留不下一点痕迹
人们在江畔或江上生活
空涛来去
如同许多传奇的日子

出于未知，我们向彼岸眺望
或目击一个码头，或怀想
一个逋留岸边的老渔夫
出于生机，我们又望向自己

人

广场上有三只鸽子
被惊起，人群中卷起一阵风暴
百年里风暴雨吹刮不息

过早还是豆皮和热干面
出口就是壮语豪言
在江边，人们长成思想的韧苇
韧苇能够看尽千帆

湖

听听吧，楚天台上的朗笛
在东湖上空消解成雨

好几次我们在湖边漫步
以为自己置身世事之外
但粼粼的水光
又将我们引向实体的存在

即使晨间有弥散的大雾

侵入湖岸的城市
也必定有什么使你相信
掉落在水中的盛景并非幻影

东湖有一百多个兄弟
武汉有一百多面镜子

城

若设计师需要
就让日头不落，把星星也摘下
大厦在江畔起伏，它们是江城的
气息，活着的蓝图

仿佛无间隔，江汉关凝视景明楼
黄鹤楼与龟山塔互送秋波

七十年，一个陌生的地域
在江畔长成，人们在其中来来去去
又像还生活在熟悉里

发 展

江心洲缄默了太久
它有太多的行客
长江上亦有许多的行客
江城却从未缄默

我已听到风声

仿佛来自一切我所谙熟的时空

我们仅能捕捉表面的

瞬息万变，但风从远方来

从深处来

在中国的土地上

日新月异充满了惊险

在江城的时间里

七十年连接着三千年

未　来

十五的天，月亮悬于珞珈山

作黑夜的瞳仁，明晃晃

二十一世纪，在中国的胸膛上

武汉，还是一颗火热的心脏

【作者简介】冯冬顺，男，贵州省仁怀市人，现就读于武汉大学文学院。中学时代开始学习新诗创作，进入大学后活跃于武汉大学浪淘石文学社。追求在平凡的生活中发现诗意，用简单的语言阐释深沉的意味。

◎ 邱保青

武汉，一座荡漾幸福的城市

一

两江环绕，8569平方公里的锦水秀山
有多少神秘传说，有多少文化内涵
让我追溯历史，绽放整座城的绵绵情思

不要问是什么滋养了这方大美的江城
苍茫岁月，时光飞升
一条江奔流不息，一座城风生水起

大美武汉，一曲波澜壮阔的乐章
奏鸣楚河汉街的烟云与祥和
律动汉口江滩的浪漫和呼吸

二

沿着江畔走，除了一江的曦光
除了一城荡漾的涟漪和命脉
登临黄鹤楼，我还看到了什么

枕着涛声，我喜欢这样幸福的栖居
我喜欢这样有秩序的唯美的绽放
武汉，让我找到一座精神的地址

就像贯穿整首诗的心的脉络
一条江，把一座城的骨气凝结
把一座城的梦想，盛大地放飞

三

许大武汉一个美好的未来
我们应该布置怎样崭新的蓝图
我们应该抒写怎样辉煌的篇章

什么在无限延伸，什么在浩荡奔流
传承大江精神，历练大城风骨
武汉，永远拨动希望与梦想的弦

武汉，一座荡漾幸福的大都市
一只翩翩起舞的彩蝶
走进新时代，必将打开腾飞的恢弘画卷

【作者简介】邱保青，河南省作家协会会员，曾荣获 "黄帝"主题文学作品大赛一等奖、中国田园微信诗大赛一等奖、第二届"三秦悦读"主题征文一等奖、"我的阅读生活"征文二等奖、"世界湿地日"征文二等奖、"诗意仙女湖"新诗大赛二等奖等。

◎马冬生

黄鹤楼，像一枚印章给江城武汉诗性落款

一

失去诗性的城，即使经济的海拔再高
即使再升腾，又怎能抵达美学的高度

沿着诗仙太白的踪迹，我们能找到什么
我们又找到了什么，而守口如瓶

一块汉字的青砖硌疼老去的光阴
江水之上，须拓下诗仙的身影和灵魂

聚山纳川，一种精神擎天立地
我们不能不重新扶起倒下的诗与乡愁

二

重建黄鹤楼，不需要什么鬼斧神工
诗情喷薄，就是一种人文精神在飞

在千古绝句的遗址一层层拔地而起
黄鹤楼，点睛了一座城的风骨与情怀

更像一枚印章，给江城完美落款

这厚重的诗画山水，谁也别想拍卖私藏
我也是一个诗人，重新站起的黄鹤楼
让我插上了和诗仙一样的浪漫主义的翅膀

三

一个人在黄鹤楼站久了也是一座诗的楼
但唯有自己才能登上自己的尖顶

诗仙吟过的月亮，也曾被我写进诗笺
我的人生的秘籍只有燃烧的雪知道

每个人都要为故乡立起一座月光的楼
在奔流的江水里，搭救诗情荡漾的潮声

楼亮不亮灯，走山走水我都不会迷失
鹤展不展翅，我总能找到消愁与生辉的方式

【作者简介】马冬生，男，1969年12月出生，河南省作家协会会员，博爱县作协副主席，中国历史文化名楼之鹳雀楼文化使者，国旗文化传播使者。曾获中国诗歌学会、《诗刊》《诗选刊》《星星诗刊》等主办的全国诗歌大赛奖百余次。

◎ 方应平

武汉，蔓延光阴的抒情与思考

一

悠久的风声，辗转起伏三千五百年商代万国宫城
可是水声，充不满商代城池，一滴又一滴迂回心涛

用光芒照射三镇，一块块白云早已在陪衬大地
许多沧桑约上三千佳人，于商贾云集堆垒人生波浪
收拢微笑，笑音反弹到清末，乐章在思考推心置腹

大风在摇动人流如织，东湖的液体咽下干涸
旋转月亮的追逐声，在城市名片上，字字珠玑

城市的气息，开始波澜壮阔，抵达心醉
那一片东湖的波光粼粼，仿佛时光的银针
刺入大地的芳华和朴素，来喂养自己喉间的深度
从汉口的月光里提起一碗水，倒满神州大地
唯一淹没不了龟山电视塔，这就是高度

二

一曲波动，龙泉山的五光十色在大地风吹雨打
城市的落叶，倒满木兰山，可是一阵想象
夺走了风华正茂。留在一幕汉剧里

轻易放笔，狼毫不再威武，衷肠卧满胸怀
一把时光，热爱在中山公园，忠诚选择了雨声

雨声，在春风拂槛。又在心灵里遥望汉口江滩
万千故事，如同收获的时光棋局，布局长春观
写好的历史，在眉目发呆，小吃街却引人入胜

携一壶好酒，从东湖里捞起醉态
打坐在黄鹤楼的月光下，用雕琢的声音，痛饮

时代装不满五千年的诗句，诵读于黄鹤楼
内心在用歌唱，去饮东湖的春去秋来
怀念和忘记，站在天平两端
一场夜雨，在黄鹤楼的足印，思考一场情怀

三

呼吸的声音，换得一生翠绿
又在东湖的水里，洗净铅华，捞起纯洁
风又在灯盏下，写下一幕又一幕汉剧
归元寺在阳光下，听风雨讲述人间
用一颗舍利，堆码阿弥陀佛

东湖的水在洗涤舍利，生怕没有光泽
可是，黄鹤楼的声音，微澜里摇动千古
沿着脉搏，走在木兰山，写下几阕长短句

平仄声，开始蝶变。语句的东湖
目光可以沉底。深思盘坐于黄鹤楼的折射里

什么卑微和崇高，舀起一碗东湖水
这是一碗命运，早已算给天下苍生
铺落一场周折，种满太阳和月亮

四

东湖的水流，一场独角戏在拔出来
在坚强和脆弱里，点染。城市的雨点
仿佛人间一颗胎记，留住过往

拾起几件喜忧参半的事，又捞起东湖的历历在目
浓缩的声音，已经是一种沧海桑田
黄鹤楼的骨骼如同一枚硬币一样坚硬
沉浮于大千世界

时代翻破书卷，落满了东湖的泪滴
那是大地在演绎荒凉。隐喻一颗磅礴的内心

点破一缕浮尘，大风卷起旧俗
东湖开始涨水，大水落满故事的繁华
用针线缝补黄鹤楼的陈旧，卷入一滴东湖水
口渴在平分秋色，醉入大雨滂沱

烈焰的风，推倒阳光的炽热，月也在消沉

黄鹤楼在情感光阴里，一个人思考，一个人抒情

【作者简介】方应平，男，安徽省望江县人。曾在《辽河》《温州晚报》等报刊发表作品，获红船杯大赛奖、筷乐文化大赛二等奖、清风杯大赛二等奖等。

◎黎　萍

我全都依你

你想要怎样的花季

是樱花窃窃私语

是桂子香飘十里

还是狮山油菜地里蜂蝶嬉戏

你想品怎样的意趣

是黄鹤楼上黄鹤去

是落雁岛上雁成侣

还是东湖磨山的山水相依

你想看怎样的风景

是江滩的苇花绵密

是南湖的浪潮涌起

还是长江奔流的昼夜不息

你想有怎样的相遇
是凌波门前的巧笑倩兮
是二号线上的擦肩无语
还是双子塔间飘来的婀娜身影

你想成怎样的眷侣
是南湖之畔的相偎相依
是四重门前的不离不弃
还是古琴台上高山流水的琴瑟和鸣

你想要怎样的安居
是灯红酒绿的光谷天地
是异国风情的汉阳旧居
还是昙华林和黎黄陂的清新文艺

你想要怎样的诗意
是"晴川历历汉阳树"
是"黄鹤楼中吹玉笛"
还是"极目楚天舒"的英雄豪气

你想要怎样的回忆
是车站门口的匆匆来去
是长街短巷的人潮拥挤
还是学府里岁月静好的默然欢喜
你想留怎样的足迹
是寒窗苦读的笔耕不息

是浓墨重彩的人生大义

还是"留汉不留憾"的青春壮举

只要你来武汉

这些

我全都依你

【作者简介】黎萍，女，中共党员，出生于1995年，湖北恩施人，毕业于华中师范大学公共管理学院，秦皇岛花带文学研究会成员、静沫一角出版社首期签约作者，曾兼职恩施乡村文旅宣传，现就职于武汉市江汉区人民政府北湖街办事处。

◎邓培江

梁子湖对我说

——献给江夏改革开放四十周年

梁子湖对我说：

枕在石器时代的古遗址上

踏着西周甬钟的余韵

任江夏上下五千年的悠悠历史

漫过我宽阔厚实的胸膛

梁子湖对我说：

安居江夏郡，悬挂"江夏堂"

这里是天下黄氏的归宗省亲的磁场

无数风流人物，就从这里启航

万千动人的佳话，便由此滥觞

花山、青龙山、八分山

山山挺立着坚贞不屈的脊梁

鲁湖、斧头湖、青菱湖

湖湖激滟着自由民主的荣光

古驿路、文化路、环山路

路路连通古今奔流不息的愿望

江夏，山清水秀

是大武汉怡情养性的天堂

金口槐山石驳岸

停泊了多少迁客骚人瑰丽的梦想

滚滚长江之上

中山舰破釜沉舟，舍生拯救中华民族之危亡

蛇山脚下

是谁向反动派打响辛亥革命第一枪？

谭鑫培故里

是谁蘸着汤逊湖水写下气势恢宏的诗章？

江夏，楚天首县

是大中国人文荟萃的地方

在江夏，从来不缺乏披荆斩棘的勇气

在江夏，从来不缺少乘风破浪的魄力

当十一届三中全会的春风吹绿祖国大地
江夏，率先举起改革开放的红旗

土地堂的万家灯火
细数家庭联产承包责任制的喜悦
庙山开发区，第一次
奏响解放思想、开放搞活的赞歌
大花岭筑巢引凤
十三所大学合唱教育改革的欢乐
金港新区应运而生，顺江而歌
为湖北GDP再上台阶又添新叶
江夏每一寸红色的土地
喷涌着"敢为人先，追求卓越"的血液

梁子湖对我说：
拍击纸坊的大街小巷
我映出一张张洋溢着幸福的笑脸
广场上，太极与舞蹈争奇斗艳
校园里，闪动一双双格物致知的慧眼
村庄上，飘浮着安逸祥和的缕缕炊烟
工匠精神穿梭于宽敞明亮的车间
友爱互助流淌在小区的花丛树巅

梁子湖对我说：
阳光与大地的对话是世间最动听的语言
月色与江流的交融是人间绝美的画面

江夏的人民最懂得感恩，捧出一道道名优特产
法泗大米，舒安藠头，梁湖肥蟹，汤逊鱼丸
芬芳了杏花春雨江南
江夏改革开放四十周年的巨变
是中国共产党英明决策的真切体现
是江夏人民求真务实、奋力开拓的路演
是中华民族由穷变富、由富到强的精彩瞬间

江夏改革开放四十周年的巨变
是春天里你我绘就的波澜壮阔的画卷
是月光下你我吟诵的气壮山河的诗篇
是中华儿女信步走向辉煌的百年夙愿
我对梁子湖说：
这里曾经荒无人烟，我爱看你渔帆点点
我对梁子湖说：
这里曾经热火朝天，我最爱你美丽容颜

梁子湖对我说：
守住绿水青山
秉持坚如磐石的信念
让我们撸起袖子加油干
永远站在新世纪的制高点

【作者简介】邓培江，男，武汉市江夏区实验高中语文高级教师，江夏区作协会员，中华诗词学会会员，曾在全国各大报刊发表诗歌、散文作品多篇。

◎ 谈云龙

大美的家园

东风大道开车到湘口小镇
在朱家山、军山和龙灵山的间隙，挤来挤去
我在阳光下的所得，就是你的所得

长江与汉江夹势而来，春天收拢狂草
这是在五月，这是在江汉平原上
我敲打商周的一件陶器，回音昭昭
无数叶子般的叠叠史书，有金戈铁马溢出
青铜、酒樽被高举
一座新型工业城垫在古云梦泽之上
春风阅尽之后，我们敬仰的
是它长盛不衰的地理和人脉

一滴水可以是春
远古的太白湖坐在荷花之上，
密布的沟河，血汁一样奔涌
一滴水暖蔓延
花黄是镰刀舌口俘获的恩赐
穿越其间，水乡墨汁轻染
桨橹的倒影和夕阳的余晖被风推送
渔鼓迟迟不愿回落
荆楚传承的事物被普遍颂扬

一片工业园可以是一座城
车都坐于珠山湖旁
劳动其间，四季的风剪裁月华和星光
蜜蜂在春光中飞翔
兴盛的密码，凭借科技主托
破疆列土的东风才可以打马立国

沿长江的大堤走一走
这朝阳的脉向，紫气上升
交叉的高速路惊醒历史的沉睡
中山舰出水
耻辱遗留的胎记隐隐生痛，不能割去
沌阳与邓南两座码头，隆中对仍在延续
借军山斜拉桥的一个支点，让思想上浮
长江展开的画轴一寸寸地被流水翻动

东城垸，农作物盛大高远
时光退后一步，一切的高度
在一株玉米秆面前，都应低下头来
围垦造田，风餐露宿。一群人教会了我们
触摸荒芜，触摸荒芜上长出的绿叶
两旁的行道树肃穆，敬礼
大风吹过，告诉我们时刻铭记的影子
这是祖国的五月。一座城在祖国的春天居中
因为雨水的浇灌和阳光普照，而站定
太子湖开到银莲湖，沿途的花朵都是绝句

我挚爱的女人走在阡陌上，见风安好

郭徐岭与江滩广场，还有在建的沿江工业园

地气腾腾，云天正在垂落梯子

太阳随便倾下一次渲染

一片土地马蹄连天的大卷

就尽收囊中了

【作者简介】谈云龙，笔名南竹，湖北省作家协会会员，武汉市作家协会全委委员，已在文学报刊发表诗作近四百首，出版有诗集《深呼吸》。

◎王海清

大武汉，与一场盛世邂逅

一

武汉是绿色生态的家园

青山羞涩含黛，如洗碧天，鸥鹭翔集

湿地是武汉修炼出的正果

一年四季如诗如画

金银湖湿地，是一道屏障

宠爱着山川田野摒弃着污染

躬身掘起一片片宜居家园

幸福地对望，延绵着健康大美的年华

道不尽绿色生态的婉约、细腻、宝贵和丰满

今天坦诚的模样，举着成片成片生态的誓词

你沉寂着、蒸腾着、护卫着

每一棵树木，每一声鸟鸣，每一阵山风

金银湖湿地，犹如一位水灵灵的女子

披着一身云雾的轻纱，朦胧裹不住丽质

武汉是幸运的，自从第一缕炊烟升起

从生长第一粒粮食开始，就享受湿地的恩惠

武汉，一块四方吉祥的宝地

只要从这里路过，都会淘净一身尘嚣

记住沉河湿地，让我们见证这里一片祥和的人间天堂

二

户部巷和吉庆街

唤醒沉睡的记忆

重新将热干面、三鲜豆皮、面窝等等

纳入我们的眼前，在本土，也在异乡

让武汉人抬头挺胸向前

美食之都，让日子更加丰满而清丽

韶华光阴，我停驻在柴火通红的武昌鱼锅旁

排骨藕汤，让我倍加温馨

那是母亲的味道，早已镶嵌在我的灵魂里

无法从我的血液里剔除

武汉八大名吃，可以养生，可以疗疾

那是武汉古老地域里的乡愁记忆

民间偏爱的美食，成为舌尖上的名片

写下时光的传奇，沿着祖祖辈辈的真情

喂养着一代代的有缘人

当雾霾和尾气在城市里肆意之际

我首选武汉的一小块田园

种下荞麦、小米，看高山流水

觅我的知音

再用美食喂大我们的幸福

【作者简介】王海清，男，20世纪60年代末出生，吉林市人。80年代开始文学创作，诗歌、散文作品散见于全国各地各级报刊，并多次获奖。

◎陈松叶

大武汉

云梦泽，刀耕火种，遗址在盘龙

放鹰台上楚天阔，禹功矶下听惊涛

"天元"之位，大江大河大武汉

"东方芝加哥"，中国近代工业领跑

等待白云黄鹤归来，龟蛇两山相邀

歇息会儿吧，汉江水流入长江怀抱

两江交汇，水和水的交流情深意长

天下之水，皆为解历史之渴而激情滔滔

历史在饮了两江水后说，此地甚好

好就好在它有琴台知音，离离芳草
历史渴求知音，天籁洗涤心灵
芸芸众生知道为谁哭泣，为谁欢笑

芳草春绿秋黄，年年岁岁不屈不挠
一个人就是一棵草，任野火尽烧
待春风吹拂，或为凤凰，或为蟠龙
凤凰涅槃，龙行虎步，又是好汉一条

长江汉水波平浪静，任艄公把桨轻轻地摇
风儿吹斜了船帆，历史的思绪纵横驰骋
汉阳古老，汉口年少，华中腹地的一代双骄
因武而昌的地方，自然能知晓何时剑出鞘

屈子当年泪别江渚，留下千古的《离骚》
诸葛亮隆中对后，来到夏口联吴抗曹
诗仙李白不敢题诗黄鹤楼，输了崔颢
苏东坡吟唱的月亮至今挂在汉阳树的树梢

汉水在郭茨口改道，山之南水之北，阳之何存
春秋一部，水经一注，好在历史厚道，约定俗成
所谓伊人，在水一方，汉江湾美兮，别样风光
烟雨中，黄鹤楼与晴川阁相望，一楼一阁一名城
辛亥革命，武昌起义第一枪，撂倒了清王朝
幽默的是，义士们手握的是张之洞的"汉阳造"
汉阳铁厂最后一炉铁水在中国近代史里依然滚烫

张公堤、张之洞路，表达武汉人民为先贤自豪

武昌红巷，毛泽东挑灯疾写农民运动考察报告
孙文先生的《建国方略》，为"东方芝加哥"叫好
邓小平南巡第一站就是武昌，
为杀出一条血路开道
武汉三镇，九省通衢，百湖之市，今日分外妖娆

大武汉，当今中国中部崛起的改革前哨
当梦想乘着"东风"，在东湖光谷里展翅翱翔
楚河汉街从梦乡里醒来，汉正街早已是商贾如潮
武汉关的钟声响了，
长江汉水欢歌，祖国嗬，您好

【作者简介】陈松叶，湖北武汉人，毕业于武汉大学中文系。中国作家协会会员，作品多次获奖。现居北京，已退休。

◎晏　晴

东湖意象

有人把你放归江水，做成一枚翡翠绿
止渴止念，年年柳色
还有人把你种植心房，筑成防洪白沙堤
种草种树，季季黍麦

翡翠玉吹出号子，江水涨潮了

大海驮着白龙马前来朝拜

白沙堤分开绿柳，江水就瘦了

秋黄踏着落叶沙沙地响

【作者简介】晏晴，女，湖北省作家协会会员，中国诗歌学会会员，《湖北诗歌》编辑。作品见于《长江文艺》《延河》《长江丛刊》《诗选刊》《湖北日报》等报刊。

◎ 陆　承

汉阳词牌，或黄鹤先生笔记一则

一

晨光韵墨，山河归心。我归来，

收敛虚无的羽翼，于尊崇的楼阁上

观一面湖，一条江，一座山，抑或一方印章。

一朵樱花，以珞珈山为盆景，

指认了一颗心的辽阔，并在形而上的撰述中

成就一阕崭新的赋予。灵魂高亢，岁月低语，

孟夫子刚刚去了扬州，江面上白帆点缀，

好像一颗星子散入了无尽的幕布和遐思。

二

庸常遍及，茶酒刻度，我或为黄鹤楼上的
一粒砖瓦、木料，在不断攀升的
形而上路径上，葆存一份幽深的建筑美学。

我飞翔，以此引领千古的咏叹或叙事，
那一瞬，以问津的灵犀，
折叠了史册，也引领了跋涉。

我停顿，观江汉朝宗，
或一条条巨龙般的隐喻，于草木生发中
辨别湖光和青铜，
在丰沛的骨骼上设置奔跑和修行。
修辞轮转，砥砺悬空，我整饬羽翼，
并雕饰一座楼上的陨灭或新生，以无为之笔
萦绕一座城的奋进和热烈，在九省通衢的汽笛中
描摹林野里密集的鸟语和花香。

三

琴瑟演绎，知音壮美。
知音台上，那孤独而唯美的
飞翔，是我的践行，还是虚构？晨曦尚未走远，
形而下之音，沿着律令，跌宕了江城。

我化为宫商角徵羽，

化为一座城里未曾消散的典籍
或文雅。盘龙城的脉络还在，
一只黄鹤的飞旋，以汉语的荣光和雅致
篆刻了一阕告示：
在武汉，岁月未曾颓废，而命理
清晰了万古和幽雅；在武汉，未来或许朦胧，
而壮阔的江水和迅捷的
轨迹，寓意了峥嵘和磅礴。

四

一座楼和一座城同在？一座城
馈赠一座楼无上的尊崇，以及诗学上
那不可抵达的高度。

我探寻自我内部的曲线和玲珑，
管窥黄鹤楼的前世和来生，以及此刻的秀丽，
贤达皆在，诗意沁雅。
我不能复述的那部分慷慨或婉约，
崔颢、太白皆已说出，
那一阕《尔雅》里剩余的
词语都不能表达的高洁、气韵，
在一座楼阁的美学体系里沸腾、沉静，
进而演进为一尊至高的神像。

像一把钥匙，嵌入了丰沛的臂弯，

又似一道闪电，照亮了世俗的攀援，
于一隅楼阁的飞檐上，标注恪守、革新和烂漫。

五

归元寺里，木鱼传递信念，春秋的变幻，
与之相隔的金属或科技，以簇新的
篆笔，串缀了荆楚大地上的豪情和细腻。

我收拾残卷，或重新起笔，写什么呢？
诗词、曲子，抑或小说，
在一面江湖的卷轴上移动，
那似曾相识的镌刻，在另外的船帆上
吟诵夸饰或赞美，抑或那穿越了江、河、湖的
令箭，在一本手札上述及琐屑、意义和光芒。

六

一座楼上，我以黄鹤的形式站立，
观澜一条江和一座城，茶酒在侧，书画同源，
楼阁和大地亦同源，皆从属于一首虚无的创制。

我省悟或品读一座楼阁的建造，
况如一座城的布局，
流水充盈，桥梁支撑，
高耸的穹顶和古雅的遗迹，
以及丰茂的花叶，在编纂和订正的过程中，

目睹并夯实一座楼阁和一册经卷的意义和儒雅。

夜色将至，星夜柔美，而我，
又一次描述一只黄鹤的孤单和辽阔，
以及一座黄鹤楼历经千年
而葆存了源头魅惑的雕饰，在一座城的涌动里
继续歌唱、平静，或于片牍上书写娴雅和力量。

【作者简介】陆承，1984年生于甘肃榆中宛川河畔，现居甘肃兰州。诗文先后见于《散文诗》《黄河文学》《甘肃日报》《星星》《人民文学》《扬子江》《诗刊》等报刊，有作品入选《21世纪年度散文选》等选本，曾获首届中国（日照）诗歌节一等奖等奖项。

◎孙凤山

米字形高铁网，大武汉在新世纪展翅飞翔

穿越一张高铁网，随时在欢声笑语中遇见大武汉
半天生活圈，浓缩24个大城市的来路去向
诗行一样飞速犁开力量和梦想，再现中国节奏

在荆楚大地，被时光加持的综合交通网信心满满
28万公里总里程伸延的繁忙呈现在新时代的T台上
一眼千里。高速度打包了大武汉所有的里程与风景
就这么奔流，把繁忙、阳光、春风划开一个口子
大地上所有的空白、荒芜就这么一个个被激活
高速列车是画笔，一路临摹大武汉七十年繁华

从世纪新潮出发，深入两个一百年最美的段落

朝发夕至，跑得最快的都是最美的时光

践诺南来北往。大武汉正插上高铁的翅膀展翅飞翔

【作者简介】孙凤山，1994年加入中国作家协会。现系长江作家协会
副主席、长江诗歌学会副会长，安徽皖江物流（集团）股份有限公司裕溪
口煤码头分公司党委书记。

◎ 黄保强

车都赋

深夜一枝灯，

若高山流水，

有身外之海。

灵魂是那里人家的灯么？

灯火不相识。

沿着白发的星星

将所有梦想种植在这片炽热的疆土上

看吧，流动的灯闪烁

犹如迎着阳光即将脱壳的麦粒

这土地，除了饱满的汗水，尚有春种秋收的气息

提灯者怀里揣着襁褓中的信徒

一口自流井会吐纳所有真言

历史，记录你年轻的过往

年长的记忆——黄土地

如同你滚烫的胸膛

青春的火啊，燃烧不熄

父亲的灯更加伟岸

穿过茂密的丛林，绵长的河川

所见的第一只布谷鸟是打前站的哨探

提灯，影子浮动，深一脚浅一脚

再点亮挺拔的青麦

一树的桃花后是海棠

提灯，照亮仅仅属于脚下的黑暗

父亲的路，一次次被甩在身后，如同潮汐淹没

朴实的习惯

在旱烟缭绕中，在踏实的脚步中

成为一粒种子，成为春天渐渐复苏的良田

荒芜的地方，灯光生长为根

父辈们的影子，走过深秋那收获的一天

一双草鞋，一根扁担，扑闪扑闪的马灯

掌灯的人啊，泥裳依旧留着热土的新鲜

浑厚的号子，打桩的机器

供养倔强的信仰

长江的涛声，是我黄昏时的呼吸

黄鹤楼上的霞光，

为一个新的城郭剪裁最美的云霓
四海为家的建设者，在烟雨蒙蒙的四月
感受故乡的模样

起于一双粗糙而慧心之手
先祖丁缓和魏伯阳的传人啊，不朽的冶炼铸造术
在叮叮当当的铁器击打声中，在火红的熔炉中
我和无数钢铁之躯，如同您无数个孩子
诞生在自主自强的呼唤中
从此，华夏大地响彻东风的名号
响彻车都的名号

马灯之光——我唯一的太阳
自生命之始，就背负一个使命
中国智造，汽车强国
我早已把这澎湃的血液
融入改革发展的四十个春秋

提灯的人，走了四十年
归来可曾是少年

如今，父亲的灯颤巍巍地，仍旧透亮
从山村到城市
我如同一个逆子，一步步远离故土
在明亮的灯下
一句句书写，又一步步靠近故乡

五千年的汉字，仿佛一道道熟悉的归路
父亲的灯，悬在字里行间
照亮宽阔的灌木，高耸的建筑以及轰鸣的机械
和电车的灯，汽车的灯，霓虹灯
和温暖如豆的家中的灯，照亮每一张饭桌
少小离家的味蕾，和月圆之夜的乡愁
照亮每一个夜行者

今天，我以四十年的时光标尺
我以激越的青春华章
我以篆刻"东风"、熔炉煅烧锻打
让所有人热血澎湃的印玺
拓印一辆车的骨骼
拓印一张擘画车都的蓝图

今天，让汩汩的江水见证
让朱颜鹤发的父辈们见证
四十年荣光照亮脚下的道路
和古中国的工匠同心共鸣
和共和国的血脉交汇融通

今天，请给我以酒，这青春如醇的酒
祝祷每一个汽车人
祝祷那温暖人间的灯火
祝祷四十万个理想之光
今天，在马灯光中，父亲从这里启程

东风从这里启程

车都，从这里启程

【作者简介】黄保强，中国诗歌学会会员，湖北省作家协会会员，武汉经济技术开发区（汉南区）作家协会副主席。曾在《中国诗界》《山东文学》《齐鲁文学》《长江日报》《长江丛刊》等报刊发表诗歌并获奖。

◎ 曾书辉

春雨醉江城

立春牵手除夕

笑迎年的门口

我的江城，一抬脚

便跨进湿漉漉的画里

左一帧，烟雨晴川阁

右一幅，水墨黄鹤楼

一场穿越千年的雨中大戏

演绎着江城的前世今生

琴音不绝的古琴台

一曲高山流水遇知音

濯不去，伯牙绝弦子期去的悲愁

雨帘里

唐朝崔颢送走了黄鹤

却从历史的尘烟里

飞来成群的江鹭或白鸥

驮着灰蒙蒙的云朵

衔着袅袅雨丝

呢喃于东湖鹅黄的窗口

翩跹于江岸岁月的码头

谁言春雨贵如油？

江城从不嫌湖大江阔

纵然对天狂酌三百杯

江上兀自架起几座竖琴

轻拨慢挑，仰天吟唱

天下英雄谁敌手，不尽长江滚滚流

古风楚歌，汉韵悠悠

醉了长江汉水的笛鸣

醉了江汉关的钟声

醉了彩虹落霞的江滩

醉了挤向星空的高楼

龟山飞檐翘首以盼

不见绿如蓝的江水

没有江花红胜火的日出

但见汉阳古树泛新绿

雾锁桥上，高铁飞驰

烟波江里，百舸争流

晨雨淅淅。公园的郁金香

舒展鲜艳的表情

簇拥在季节的路口

几缕腊梅的余香

不舍作别，残冬的雪霜

月季的嫩芽，啄破沧桑

灼灼早春的枝头

暮雨潇潇。袅娜的岸柳

清风里甩动细长的辫子

氤氲在月湖的镜子里

水鸟拖曳两行漾开的旋律

伴着一池雨打残荷的弹奏

大街的车流，小巷的喧嚷

早被雨水泛滥的春情淋醒

我的江城，轻撩梦帘

霎时，有佳人轻步而来

身后，春光盈目

万物竞秀

【作者简介】曾书辉，笔名曾戈，网名追梦者（徐徐一戈），祖籍湖北汉川，现居武汉，有若干诗、文散见于各级报刊、网络平台。

◎ 杨燕飞

最爱之城

俯瞰河山秀丽

云霄之上

我乘千年黄鹤归来

旁瞻江城人家

长江之滨

我携古琴烟波之上

杏花春雨

手握一卷书声琅琅

珞珈风流依旧

夏日炎炎

枕一湾水碧好梦正酣

东湖美不胜收

山峦叠翠

秋来登高望远

龟蛇相守

踏雪寻梅

冬来寻幽怀古

高山流水

逛一逛
江汉路上天南地北客
人山人海

尝一尝
户部巷里天下好吃佬
美食之味

小孩子喜欢科技馆
大人们独爱园博园
两江四岸灯光秀
夜游长江多妩媚

四通八达的地铁线
武汉每天不一样
经济贸易的城市圈
融合分享更美好

军运环境大提升
滨江滨湖生态美
一城山水，一城繁花

中国光谷谱传奇
创造开启新纪元
科技之城，时尚之都

最爱之城

白云黄鹤

荆楚风韵如画

最爱之城

长江汉水

江湖豪情似歌

【作者简介】杨燕飞，笔名小昭君，女，湖北武汉人，70后。喜爱阅读旅游，曾发表诗歌、散文多篇。

◎姜建华

遥问黄鹤

——谁抓住了黄鹤飞过的一缕江风

一

晴空丽日下，谁还在注视那棵鹦鹉洲的汉阳树

那远远的云端，荡漾诗人的几多情思

遥问乘风归去的黄鹤今安在

几度夕阳，日暮乡关

漂泊的游子，独对这一江烟波

孤影谁人怜，泪雨向谁诉

去年的秋一夜为冬，今年的春雪落长城

一场桃花春曲，一场梨花带雨

一场觥筹交错的推杯换盏
一场似梦非梦的仰天长啸
几时春归几时燕子回，竟把这春光虚度
比梦还短的春在布谷鸟的叫声里
消失殆尽无影无形毫无音讯

二

日暮时分，是否还记得那一年的彷徨和忧伤
与这孤云共依依，何处是我的家乡
只有独自对落晖，几度花落花开不管年华度
忆往昔，禁不住洒落的泪水
又滴湿了哪个春秋，不说愁

欢笑哀愁，随那漂泊的云儿远游
氤氲，雾霭，雷电，彩虹，只是旧时风景
眷恋，平和，慈爱的目光，在月下生生不息
滔滔江水今安在？萧萧班马鸣

三

独对江水，渡口风紧，醉意几时归
待杨柳岸晓风残月，周遭有谁哭也无泪
天也不应，地也不应，寂寞孤独冷
阵阵风吹，黄花遍地，又落梧桐雨
这次第不说一个愁字
只数天上寥落星稀，远处阵阵鸡鸣

文章千古事，酒是真君子

休言万事转头空，未转头时皆梦

你我皆凡人，日日奔走为谁忙

今朝有酒今朝醉，莫待无酒

明月照白发，人散杯空无人陪

四

静悄悄的江岸，一个孤单单的身影

今夜月亮如此安详，谁突然记起：

哦，乳样的月光下奔跑的少年

那暖暖的土屋，那门口的枣花香。

甜甜的月光正从我额前一层层剥落

一切的祈愿，寂寂无声

一切的时光在那一阵阵蛙鸣里声声回响

一路执着前行，一路困顿交迫

风沙，游走了红尘和激情

一切尘土化为虚幻，一切流星飞逝不见

夜空，星星，晚风，虫鸣，蛙鸣，阵阵雁声

西风紧，欢情薄，茫茫暗夜出关去

不说江水不言那无声的黄鹤

【作者简介】姜建华，1972年10月出生，山东东平人，毕业于泰安师专中文系，1992年开始创作，2018年浙江青年作家高研班学员，笔名风生、如也。作品散见于《山东文学》《泰山文艺》《泰安日报》等报刊。

◎李文山

长江风·三镇水

大武汉，扑向大海的是复兴的欣喜

浩浩大江云龙横空出世
在隔江鼎立的三镇肆意茂盛
艾草的香气无处不在
大武汉猛然一声叫醒九省通衢
风起云涌在通湖达海的湿地里

江鸥翔集，海轮穿梭
滨江公园与绿色景点遥相辉映
当大风从东湖放鹰台高空鸟瞰
卧伏在江面和陆地之间
又有一条蜿蜒的巨龙守护忠诚
芳草萋萋的鹦鹉洲头
吊架林立，极目江天一色
一行去而复还的黄鹤翩翩飞行
"东方芝加哥"的繁华富庶尽收眼底

鱼在无限远的大海，听不见它的声音
当然，我们也听不见它寻求理想的呻吟
我只知道，鱼是水里的灯，找不到花朵
就很难把自己变成江心的蝴蝶

鱼的梦极其简单，用力在水里歇斯底里
每条鱼都是。这并不尴尬
组成一道光明的海岸线
一个强大的民族，都试图点亮自己

岁月如一柄金色利刃
刀刀割出大胆创新的痛快与淋漓
锋芒毕露的日子里
疯狂扑向大海的是复兴的欣喜
优化长江主轴，护一城净水
绘两江画廊、显三镇灵秀
按照五轴一体的总体构思
昔日天堑变成亮丽画轴
迈向长江时代的轮渡已然鸣响汽笛

梦寐以求的九座跨江大桥水深势稳
历历汉阳树还在岸线漫长的江滨逶迤
午夜的长脚蚊不知疲倦
腾飞中国内陆最大的水陆空交通枢纽之上
微明的月光机智地挪过身躯
风暴的威胁挟着美利坚的蛮横
汉口租界泛出黑色的不明雾气
墙角下肢解的阴影以一种放荡的肢体
在古琴台的高楼大厦中悄悄渗入
天上人间不敢触及是纯粹的透明
盛唐瓷器的永恒光泽

伴随辐射九州的高铁网于远方亭亭玉立

大武汉，让我怀抱心碎的疼痛

在你的怀抱温柔地死去

长江新城，看我横扫千军如同卷席

曾经有一个人在苦水中泡过

想飞的时候遭遇水中神秘的咒语

潜游之躯在玉笛声中东躲西藏

搅起欧洲莱茵河畔水草一片

直至强烈的光芒射入水底

新时代的"一带一路"融入西汉却月城中

让大武汉真正成为世界的客厅

从谌家矶出发，望断国家中心的城际

晴川阁蠕动的庞大之物

谁能说出你究竟是不是禹王的胜迹

一场大江东去的戏剧

多少人在其中生或者死

长江如同离别的蓝色衣袖被人间拽在手中

只要地球还像眼泪一样闪动

就永远扮演下去。作为悲伤的角色

一苇航江已无力撼动中国

唯有美丽的乡愁令世界的心火平息

二十一世纪之身不可侵蚀

一颗颗璀璨的明珠错落长江中北岸锚地
三镇之外，还需要有最亮丽的第四镇
港区路网纵横，在手心捧着你的日子里
然后以蛟龙雷霆万钧的姿势入水
为未来的三十年或半个世纪预留空间

长江新区，在马绍尔群岛轻轻读你
你就这样手舞足蹈涉洋而过
焊花飞溅时回首，遥遥之路水路迢迢
丹麦美人鱼风情万种的身姿
诱惑你在中部崛起的风中
一桅一帆，波澜不惊

新城是长江的一颗明珠
新城是长江经济带最靓丽的笑靥
看得见山，望得到水
也许整个人类的乡愁化作滔天巨浪
掩埋它又放开它
时间的激光也不能最后击毁它的初心
在亘古不变的蓝色梦里
新城永远守护着国家至高无上的名誉

长江水汤汤一泻千里
远古之水飘扬出梦中帆影
以酒为舵，拥有世界第三大河流的主航道
鱼的尾鳍无法扰乱百万吨巨轮前行

依水而望，就近升起武汉未来之星
生命之旅难免碧空无尽
高位起跳的典范之城坦然亮出脊梁
将身躯弯成射箭的弧形大弓
奋进跨越，务必百倍砥砺
看我横扫千军如同卷席

想象认知楚风汉韵的过程

新修的汉口江滩至张公堤绿道荡气回肠
一不小心就连接上了府河汉北河的路网
且说花开半朵莲花无限
又有人说是你在赞语中开放灿烂
以低碳交通生活方式，休闲、运动或慢行
以楚风汉韵的传承落草《离骚》木牍的名义
在东沙湖、后官湖、长江滩的原野肆意地疯长
不敢涉及的是草丛中生命的轮回
拈指中一朵花于斯偶遇钟子期
弹奏《高山流水》，鼓琴抒怀吟唱
笑看《垓下歌》的竹简徐徐寂灭暗香

深夜里，我在因楚河而生的汉街坐船
然后到新港去看长江黄金水道中游的千万标箱
惊讶地发现，
把自己一身的肉体，浪花一样撞上去
再撞上去，是黑暗里挺立的礁石

其实有时，我的心也是这样
突然之间，就想狠狠地冲撞点什么
冲撞一曲"大风起兮云飞扬"
或者变成一尾鲤鱼潜游到《长门赋》下
静静地待着，阅读月亮照耀长江

休说长江千年逝者如斯，人老天荒
君不见至今还有人还在港口演绎《渔舟唱晚》
长江中游唯一天然深水港望月向天发问
取集装箱港＋综合保税区＋港口工业园模式
一个新港、两大港区，联动发展
五座新城、十大产业，加强合作
十二个临港产业园依托港口岸线塑成长江头像
端庄秀丽，情满千帆

江水翻腾，眼前有景道不得的太白一声浩叹
江风凛冽，烟波江上使人愁的崔颢乡关梦断
雨下得很大，积水没过脚面
了解物流情况的习近平卷起裤腿，打着雨伞
带着陕北口音的京腔，语重心长
长江流域要加强合作，把全流域打造成黄金水道
雨水打湿了总书记的衬衫
也许是历史沉落的那些优美的篇章
也许是黄鹤空余发出的黎明碎裂的声响
楚风汉韵穿过了骚客睡梦的白云
那黎明碎裂的声响值得我用一生去怀想

旋律起伏的江面上

欲飞的波涛呈现楚风汉韵的具象

数不胜数的波音翅膀

为天河架起了通往世界各地的空中走廊

哪怕是游，也是躺在江心看风的走向

想漂荡吗？船儿在风中摇晃

水肯定沉稳而温柔

帆肯定是永远丰满

楚风汉韵，意即楚汉时期的人文风情

想象认知的过程，如长江风中之三镇水

平平仄仄，落落涨涨

【作者简介】李文山，男，1962年生于湖北潜江，湖北省作协会员。1980年开始创作，50多次斩获省级以上诗歌大赛征文奖，80多首作品被收入年度权威选本。